Mister Black

Teil 2

von S. M. Groth

Bibliografische Information der Deutschen Nationalbibliothek:

Die Deutsche Nationalbibliothek verzeichnet diese Publikation

an der Deutschen Nationalbibliografie, detaillierte bibliografische

Daten sind im Internet über dnb.d-nb.de abrufbar.

TWENTYSIX - der Self-Publishing-Verlag Eine Kooperation zwischen der Verlagsgruppe Random House und BoD - Books on Demand

© 2020 S. M. Groth

Herstellung und Verlag:
BoD - Books on Demand, Norderstedt

ISBN 9783740768713

Kapitel 1

Ein neuer grauer Tag in meinem Leben. Auch wenn ich versuche, einfach weiterzumachen, wird mein Leben doch nicht wieder so sein, wie vor IHR. Ich versuche alles, um sie zu vergessen, aber mir bereitet nichts mehr Freude. Es sind jetzt genau 2 Wochen vergangen, seit Mary aus meiner Wohnung gestürmt ist und für mich nicht mehr zu erreichen ist.

Bisher habe ich der Versuchung widerstanden, Rick den Auftrag zu erteilen, Mary zu beschatten. Was sollte das auch bringen? Sie will mich nicht mehr sehen. Wie oft habe ich mit Frauen nur eine Nacht verbracht und war doch sonst immer froh, wenn sie weg waren? Liegt es nur daran, dass sie Jungfrau war? Wieso hat sie mir das nicht gesagt? Hätte das etwas geändert? Hätte ich mich mehr wehren sollen und versucht, ihr von der Wette zu erzählen?

Wieder drehen sich alle meine Gedanken nur um sie. Mein Telefon klingelt.

„Ja," gehe ich gereizt ran.

„Mister Black, Jim ist für sie am Telefon," sagt Clara ungerührt und ich höre das Klicken in der Leitung, dass mir signalisiert, das ich mit dem Anrufer verbunden werde.

Eigentlich will ich mit niemandem reden, aber Jim ruft nur an, wenn es wichtig ist und Clara weiß, dass sie Jim immer durchstellen soll. Wieso habe ich ihr nicht gesagt, dass ich auch mit ihm nicht reden will? Und was zum Teufel will er?

„Ryan was hat du mit ihr gemacht?" fragt Jim mich ohne Umschweife.

„Was?" frage ich irritiert zurück.

„Was du mit Mary gemacht hast, will ich wissen." Jim klingt richtig sauer.

Ich seufze tief und versuche Zeit zu schinden. Was soll ich Jim sagen? Und woher weiß er überhaupt, dass etwas war?

„Ryan, mir ist völlig egal, was du sonst mit den Mädchen machst, die du kennenlernst. Ich heiße das zwar nicht gut, aber das ist deine Angelegenheit. Du bist ein erwachsener Mann und musst dich anscheinend austoben, aber Mary ist keine von deinen Betthäschen."

Noch nie hat Jim mich auf meine Frauengeschichten angesprochen. Wir haben nach Sarah nie wieder über Frauen gesprochen. Es hat mich auch nie gestört, weil es ja wirklich meine Angelegenheit war und ehrlich gesagt, war keine von den bisherigen Frauen es wert, dass man weiter über sie spricht. Es waren alles nur Frauen, die entweder auf mein Geld aus waren oder an meiner Seite Publicity erhalten wollten für ihre Karriere oder beides.

„Jim," unterbreche ich ihn, doch er fällt mir gleich ins Wort.

„Ryan, wie kannst du sowas tun?"

„Jim, jetzt hör´ mir doch endlich mal zu," bitte ich ihn und zu meiner Überraschung tut er es. „Jim, ich weiß nicht, was du gehört hast, aber ich habe mit ihr nichts getan, was sie nicht wollte."

Das stimmt doch, oder? Immerhin wollte sie es so sehr, dass sie mich nicht zu Wort kommen ließ. Okay, vielleicht versuche ich auch nur mein Gewissen zu beruhigen, aber im Grunde stimmt es. Sie wollte es genauso sehr wie ich.

„Ryan, wenn du es mir nicht sagen willst, muss ich das akzeptieren, aber bring das verdammt noch mal in Ordnung. Ich mag die Kleine."

Ich auch, denke ich und bin selbst überrascht, dass ich es überhaupt denke. Erleichtert stelle ich fest, dass ich nicht laut gedacht habe.

Ich habe Jim noch nie so sauer erlebt.

„Jim, das würde ich gerne, aber ich weiß nicht wie," gebe ich ehrlich zu. Ist es nicht auch das erste Mal, dass ich es mir selbst eingestehe? Ich will es wieder gutmachen. Ich will sie an meiner Seite haben. Ich will sie zum Lachen bringen. Ich will sie glücklich machen. In mir steigt Angst auf. Woher kommen diese Gefühle? Will ich wirklich eine Frau glücklich machen, die ich kaum kenne? Wenn ich ehrlich bin, will ich das. Ich möchte jede freie Minute mit ihr verbringen. Ich will keine andere Frau mehr. Wieso erkenne ich das nur jetzt erst.

Das Seufzen von Jim holt mich in die Realität zurück. Sie ist weg. Ich habe sie verletzt und habe keine Möglichkeit, das rückgängig zu machen.

„Ryan, willst du mir sagen was passiert ist?"

„Eigentlich nicht," gebe ich zu. Nicht nur, weil ich Angst habe, was Jim dann über mich denkt, ich möchte auch nicht, dass noch mehr Menschen davon erfahren, was ich Mary angetan habe.

„Okay, falls du es dir anders überlegst, ich bin für dich da."

„Danke. Woher weißt du das überhaupt?"

„Naja, Mary ist zwar zurück als meine Trainerin, hat aber ausdrücklich darum geben, dich nicht mehr zu trainieren."

Es versetzt mir einen Stich. Bisher konnte ich mir einfach einreden, dass sie noch nicht wieder fit genug ist, um zu trainieren. Die kleine Stimme in meinem Unterbewusstsein, die mir immer wieder gesagt hat, dass Mary sich schnell zurückkämpfen wird, habe ich ignoriert.

„Naja, so direkt hat sie es nicht gesagt, aber ich bin ja nicht blöd und habe es aus ihren Ausreden herausgehört. Ich habe ihr versprochen, dass sie dich nicht mehr trainieren muss, wenn sie das nicht will."

„Ich verstehe," gebe ich mechanisch zurück. Jede Hoffnung, dass ich sie beim Training wiedersehen werde, ist dahin. Ich muss das in Ordnung bringen. Aber wie.

„Ryan, bring das in Ordnung, ich mag sie wirklich. Ich weiß nicht, was vorgefallen ist, aber ich bin mir sicher, sie hat etwas Besseres verdient."

„Ja," stimme ich ihm zu. Er hat ja Recht. Sie verdient nur das Beste.

„Gut Ryan, ich verlass mich auf dich."

„Bis dann, Jim."

Ich brauche einen Plan.

Kapitel 2

Nervös trommle ich mit den Fingern auf meinem Schreibtisch herum. Was soll ich nur tun? Meine Anrufe ignoriert sie und ich habe es schließlich aufgegeben. Peinliche Szenen in der Öffentlichkeit wollte ich um jeden Preis vermeiden. Zumal Ricks Gefahrenanalyse ergeben hat, dass nur mir Gefahr droht und Mary in die Schusslinie geraten könnte, wenn sie mit mir in Verbindung gebracht wird.

Ich greife zum Telefonhörer: „Clara, holen Sie mir Rick ans Telefon."

„Gerne."

Es dauert keine 5 Minuten und ich habe Rick an Telefon.

„Rick, finden Sie heraus, wo sich Mary aufhält und was sie für die nächsten Tage geplant hat."

„Geht los," sagt er nur und legt auf.

Vielleicht fällt mir dann ein Plan ein, wenn ich ihre Pläne kenne. Sie geht nicht an ihr Telefon und öffnet die Tür nicht. Im Look out arbeitet sie zwar wieder, aber wie soll ich mich da entschuldigen oder ihr zeigen, wie leid es mir tut, ohne eine Szene zu provozieren. Außerdem ist es ihr Arbeitsplatz und Teil ihrer Existenz. Ich muss sie sehen auf neutralem Boden. Auch wenn ich sie einsperren möchte, bis sie mir verzeiht, kann ich das nicht tun. Sie muss freiwillig zu mir kommen.

Das „Pling" meines Computers signalisiert das Ankommen einer neuen Nachricht. Rick ist wirklich schnell. Ich will gar nicht wissen, wie er so schnell an ihre Termine gekommen ist. Ich habe zwar so eine Vermutung, aber es ist mir gerade egal. Sie muss wissen, dass ich nicht nur mit ihr geschlafen habe, weil es eine Wette war. Ich habe mit ihr geschlafen, weil ich es wollte. Ich wollte es mehr als alles Andere. Jetzt wünsche ich mir mehr als alles

Andere, dass es nicht passiert wäre, auch wenn es der beste Sex meines Lebens war. Es war einfach perfekt. Genauso habe ich mir Sex immer vorgestellt, doch nie mit einer Frau erlebt.

Ich schüttle meinen Kopf, um die Gedanken zu verdrängen und mich auf ihre Pläne zu konzentrieren. Ich muss es wieder gut machen. Das kann ich nur mit einem guten Plan. Heute Nachmittag geht Mary in das Spa in der 5th Avenue. Obwohl ich schlechte Laune habe, muss ich schmunzeln. Mary macht gar nicht den Eindruck, als wäre das was für sie. Ich erfahre immer neue Dinge über die kleine Miss Rice.

Die Seite vom Spa gibt zwar Ausschluss darüber, was alles geboten wird, aber was hat wohl Miss Rice gebucht? Ich könnte erneut Rick fragen, aber vielleicht finde ich ja auch so etwas heraus. Er muss mich ja so schon für einen absoluten Stalker halten.

Ich stöbere durch die Angebote an Wellnessbehandlungen und komme zu dem Schluss, dass sie sicher nur den Pool nutzen wird. Das Spa verfügt über einen großen Pool mit Gegenstromanlage, Massagedüsen, Wasserfall und Vielem mehr. Mein Entschluss steht fest, ich werde schwimmen gehen.

Endlich kann ich mich entspannt zurücklehnen. Ich habe einen Plan und werde es wieder gutmachen.

Ob Mary im Badeanzug oder im Bikini schwimmen geht? Sie sah phantastisch aus in dem Bikini, den sie auf der Party getragen hat. Wenn sie diesen Bikini trägt, werde ich kein vernünftiges Wort rausbringen.

Was soll ich überhaupt sagen? Was kann ich sagen, um das Geschehene ungeschehen zu machen? Wenn ich ehrlich bin, kann ich gar nichts sagen, was es ungeschehen machen kann. Aber vielleicht kann ich es etwas abmildern. Zumindest so, dass sie mir irgendwann vergeben kann.

Was tue ich, wenn sie mir nicht vergeben wird? Ich schüttle den Kopf, um diesen Gedanken zu vergessen. Seit wann bin ich so unsicher. Wichtiger ist auch, dass Mary ihr erstes Mal nicht so in Erinnerung behält. Immer wenn ich daran denke, wird mir selbst schlecht. Ich bin von mir angewidert und von Carl. Was ist nur aus uns geworden? Ich muss alles tun, um Mary davon zu überzeugen, dass es mir nicht darum ging, eine Wette zu gewinnen.

Noch einmal erlaube ich mir den Gedanken an Mary im Bikini. Ich traue mich nicht, sie mir nackt vorzustellen. Ich kann nicht genau beschreiben warum, aber ich käme mir schäbig dabei vor. Dabei ist das völlig absurd, oder?

Ob ich ihr verbieten soll, wenn wir ein Paar sind, diesen Bikini zu tragen? Auch wenn es ein normaler Bikini war, der nicht extra knapp geschnitten war, betonte er doch ihre Figur so perfekt, als wäre er maßgeschneidert. Jeder Mann, der sie darin sieht, wird mit ihr schlafen wollen. Aber ist das nicht immer der Fall? Mary ist einfach per se attraktiv. Egal, was sie trägt, um dies zu unterstreichen oder gerade nicht.

Wenn wir ein Paar sind? Will ich das? Natürlich, ist es nicht das, was man will, wenn man jede freie Minute mit jemandem verbringen will? Wenn man nur glücklich ist, wenn der Andere bei einem ist? Aber ist es nach der ganzen Geschichte nicht absurd, überhaupt zu hoffen, dass wir ein Paar werden könnten? Aber die kleine Hoffnung ist es, die mich morgens aufstehen lässt.

Was soll ich ihr sagen? Was kann ich ihr sagen? Ich kann ihr nur die Wahrheit sagen. Die verdient sie. Entweder verzeiht sie mir oder ich muss lernen, ohne sie zu leben.

Kapitel 3

Das Spa ist größer als ich dachte. Ist es nicht normalerweise anders herum? Im Internet sind die Bilder immer so inszeniert, dass Räume größer und schöner aussehen. Hier scheint es anders herum zu sein. Ich zucke mit den Schultern und gehe zu der jungen Frau am Tresen. Sie ist attraktiv und lächelt mich freundlich an. Mit meinem Charme werde ich hoffentlich weiter kommen. Immerhin hat er mich außer bei Mary noch nie im Stich gelassen.

„Guten Tag," sage ich zu ihr und lächle sie so charmant an, wie es mir irgendwie möglich ist.

„Guten Tag, wie kann ich Ihnen helfen?" fragt die Dame, die ihrem Namensschild nach Lucy heißt.

„Ich bin zum ersten Mal hier und wollte mich hier mit einer Freundin treffen," behaupte ich. Ich bin mir nicht sicher, ob ich Mary allein finden würden.

„Haben Sie vorab schon Behandlungen gebucht oder möchten Sie welche buchen? Selbstverständlich können Sie das auch im Spa-Bereich direkt tun."

„Ich weiß gar nicht, ob meine Freundin für uns schon etwas gebucht hat," flunkere ich weiter.

„Wie heißt denn ihre Freundin?"

„Mary Rice," gebe ich zurück und hoffe, meine Erleichterung verbergen zu können. Es klappt. Es klappt tatsächlich.

Lucy tippt etwas in ihren PC und ich gehe davon aus, dass es Marys Name ist. Ich hätte auch Rick bitten können, das für mich rauszufinden, aber ich dachte nicht, dass das nötig sein würde. Wieso muss Mary sich auch ausgerechnet das Spa heraussuchen, das größer ist als manch ein Hotel?

„Oh," sagt Lucy und klingt etwas skeptisch, „Ihre Freundin hat nur für sich eine Massage gebucht, die fängt auch gleich an. Wann wollten Sie sich denn treffen?"

„In einer halben Stunde," flunkere ich. Komisch, wie leicht mir das auf einmal fällt. Ich hasse Unehrlichkeit. Bei meinen Angestellten wäre es eine Abmahnung wert, wenn sie mich anlügen. Fehler kann jeder machen und die sind verzeihlich, aber Lügen nicht. Das hier ist aber eine absolute Ausnahmesituation. Außerdem tue ich das ja nicht für mich, sondern für Mary. Ihr soll es zumindest nach diesem Tag besser gehen.

„Na, dann hat sie die Massage davor gebucht," sagt Lucy und lächelt jetzt wieder breiter. Sie erklärt mir die Wege und wo ich was finde. Nachdem sie meine Kreditkarte belastet hat und mir einen Stapel Handtücher und einen Bademantel gereicht hat, darf ich endlich hinein.

Ich ziehe mich aus und binde eines der weißen Handtücher um die Hüften, dass mir die nette Lucy am Empfang gegeben hat. Ich kann mich nicht daran erinnern, ob ich jemals einen Bademantel getragen habe, daher lasse ich ihn in meinem Spind.

Schnell begebe ich mich zu den Massageräumen. Da ich nicht sicher bin, ob Mary danach noch schwimmen geht und ob ich sie dann wirklich finden werde, muss ich sie abfangen.

Eine kleine Brünette verlässt gerade eine der Kabinen.

„Entschuldigung," spreche ich sie schnell an, bevor ich es mir anders überlege.

„Ja, bitte?" antwortet sie mir hilfsbereit.

„Ich bin Ryan Black und ich suche meine Freundin, Mary Rice. Wir waren hier verabredet, aber ich muss sie verpasst haben."

„Ach, Mister Black, das freut mich aber, sie kennenzulernen." Normalerweise hasse ich es, wenn die Leute zu Schleimern werden, wenn sie meinen Namen hören, aber hier könnte es mir helfen. Endlich ist mein Bekanntheitsgrad auch ein Vorteil, den ich für mich sinnvoll einsetzen kann.

„Miss Rice ist hier drin," sie deutet auf die Kabine, aus der sie gerade gekommen ist. Der Masseur kommt in 5 Minuten. Wenn sie wollen, können sie noch kurz mit ihr sprechen."

„Vielen Dank," verabschiede ich mich schnell und höflich. Ich achte darauf, nicht zu atemlos zu klingen, denn mir ist die Luft weggeblieben. Mary ist hier, nur durch eine dünne Wand von mir getrennt. Ich gehe zur Tür der Kabine. Bevor ich eintrete, atme ich einmal tief durch und schiebe den Regler von „Masseur" auf „bitte nicht stören". Es gibt kein Zurück. Ich muss sie zurückgewinnen. Das wird meine einzige Chance sein.

Kapitel 4

Da ist sie. Ihr bloßer Anblick sorgt dafür, dass ich glücklich bin. Ein wohliges Gefühl breitet sich in meinem Inneren aus. Sie liegt einfach da auf dieser Liege. Sie süße, kleine, perfekte Miss Rice. Sie ist schrecklich dünn geworden. Ich darf nicht daran denken, dass ich daran schuld sein könnte. Sie scheint nicht genug zu essen. Ihre Muskeln zeichnen sich deutlich unter ihrer Haut ab. Es liegt nur ein Handtuch über ihrem wohlgeformten Po. Ich darf nicht daran denken, wie sie ohne Handtuch aussehen würde.

Vorsichtig strecke ich die Hände aus und lege sie auf ihren Rücken gerade über dem Rand des Handtuchs. Ich unterdrücke ein Stöhnen und ignoriere das Kribbeln, dass meinen Körper durchflutet. Sie rührt sich kaum, als ich meine Hände auf ihre nackte Haut lege. Sie fühlt sich herrlich an. Ich beginne ihren

Rücken zu massieren. Ich dachte nie, dass ich den Kurs in Massage, den ich mal zum Geburtstag geschenkt bekommen habe, wirklich einsetzen könnte.

Ihre Haut ist so weich. Ganz vorsichtig arbeite ich mich nach oben zu ihren Schultern. Die Verspannungen sind deutlich zu spüren. Ich konzentriere mich voll und ganz auf ihre Reaktionen. Sie soll sich wohl und entspannt fühlen. Ich hoffe, ich kann ihr dieses Gefühl geben.

Ihr Geruch steigt mir in die Nase. Sie duftet so herrlich, obwohl ich den Geruch kaum beschreiben kann. Immer wieder gleiten meine Hände über ihre nackte Haut und ich wünsche mir nichts sehnlicher, als dass sie es genießt. Wie oft habe ich in den vergangenen Wochen daran gedacht, wie sie riecht, wie sie sich anfühlt, wie sie schmeckt …

Bevor mein Kopf mich aufhalten kann, beuge ich mich vor und küsse ihre

Schultern. Gleichzeitig nehme ich ihren Geruch tief in mich auf.

Sie springt so schnell auf, dass sie mit der Schulter gegen mein Kinn stößt. Ich bin so verwirrt, dass ich den Schmerz kaum wahrnehme. Sie hat das Handtuch, welches unter ihr lag, notdürftig um ihren Körper geschlungen und steht auf der anderen Seite der Liege. Sie starrt mich einfach nur ungläubig an. Sie schreit nicht. Sie sagt aber auch nichts. Sie starrt mich einfach nur an.

Ich kann mich nicht bewegen, halte ihrem Blick stand. Ich kann nicht wegsehen. Ich versuche in ihren Augen zu lesen, was sie denkt, aber ich kann es nicht erkennen. Ihre Miene ist für mich unergründlich. Vor wenigen Wochen noch konnte ich sofort erkennen, was sie denkt und was sie wollte und vor allem, was ich tun soll.

Eine gefühlte Ewigkeit stehen wir so. Ich traue mich kaum zu atmen.

Ihre Kiefer sind aufeinandergepresst. Ich kann deutlich die Anspannung der Muskeln erkennen.

In ihren Augen zuckt Sehnsucht und Begierde auf. Bevor ich weiß, was ich tue und es mir anders überlegen kann, springe ich über die Liege, presse sie an mich und verschließe mit meinen Lippen ihren Mund. Vor Überraschung öffnet sie ihre Lippen. Ich nutze meine Chance und lasse meine Zunge in ihren Mund gleiten. Sie schmeckt himmlisch nach Mary und leicht nach Minze.

Zögerlich erwidert sie meinen Kuss und ich verliere fast die Beherrschung. Wie schafft sie es nur mit einer kleinen Zungenbewegung mich fast um den Verstand zu bringen? Ich schlinge die Arme um ihren viel zu schmalen Körper und nehme ihre Wärme wahr. Mary schlingt die Arme um meinen Hals. Mein Schwanz beginnt zu pulsieren und anzuschwellen. Ich versuche mich etwas von Mary zurückzuziehen, damit

Sie nicht sofort merkt, was dieser Kuss in mir auslöst. Doch Mary lässt es nicht zu, sie schmiegt sich an mich und verliert dabei ihr Handtuch. Ich sauge ihren Duft ein und spüre ihre Wärme. Mein Schwanz regt sich vor Freude und erwartet mehr von ihr.

Ich löse mich ganz von ihr. Ich kann das nicht, nicht so. Wie soll sie merken, dass sie mir wichtig ist, wenn ich gleich bei der ersten Gelegenheit über sie herfalle. Ich darf nicht wieder denselben Fehler machen.

„Ich kann nicht," flüstere ich. Ich sehe Schmerz in ihren Augen. Ich weiß, ich habe sie sehr verletzt und tue es gerade wieder. Wie konnte ich auch gleich wieder so etwas tun? Ich wollte mich nur entschuldigen. Ich wollte, dass sie ihr erstes Mal in schöner Erinnerung behält und nicht meint, es wäre nur wegen einer Wette gewesen. Natürlich will ich sie auch zurückgewinnen, aber nicht nur ihren Körper.

Durch ihren Schmerz wird meine Erektion kleiner. Ohne ein weiteres Wort verlasse ich den Raum. Ich muss weg von ihr, so weit es irgendwie geht. Wenn ich jetzt nicht gehe, werde ich den gleichen Fehler noch einmal machen. Ich würde mit ihr schlafen, weil ich an nichts anderes denken kann. Dazu noch stand sie nackt vor mir. Wie soll ich da an etwas anders denken, als mit ihr zu schlafen.

Meine Schritte werden langsamer. Ich kann sie so nicht stehen lassen. Wie soll ich mich entschuldigen, wenn ich weglaufe. Ihr Schmerz wird nur noch größer werden. Eine weitere Chance werde ich sicher auch nicht bekommen. Beim nächsten Mal wird sie wegrennen oder schreien oder etwas ähnliches. Ich werde ihr nicht sagen können, wie leid es mir tut. Ich werde ich nicht sagen können, warum ich wirklich mit ihr geschlafen habe.

So schnell meine Füße mich tragen, laufe ich zurück.

Kapitel 5

Ich reiße die Tür auf und Mary steht noch immer so dort, wie ich sie verlassen habe. Nackt und völlig verwirrt. Ein unwiderstehlicher Drang zwingt mich dazu, sie zu küssen. Ich kann einfach nicht anders. Vor Überraschung öffnet sie erneut die Lippen und ich kann meine Zunge in ihren Mund gleiten lassen. Ich necke sie und spiele mit ihrer Zunge. Ich drücke sie noch einmal fest an mich, weil ich nicht weiß, ob es das letzte Mal sein wird. Ich möchte jede Sekunde hiervon in mein Gehirn brennen, um mich immer wieder daran erinnern zu können.

Mary schiebt ihre Haare in meinen Nacken und krault ihn. Ein Kribbeln geht durch meinen Körper. Sie versucht sich von mir zu lösen, doch ich lasse es nicht zu. Daraufhin beißt sie mir in die Lippe. Vor Schreck löse ich meine Arme, die sie umschlingen. Zu meiner grenzenlosen

Überraschung springt sie und umschlingt meine Hüfte. Ich lege eine Hand unter ihren Po, um sie zu stützen.

Fieberhaft überlege ich, wo genau diese Liege stand, um mich mit ihr hinzusetzen. Ich bin froh, dass ich noch mein Handtuch trage. Wer weiß, was sonst jetzt passieren würde. Mein Schwanz ist so erregt, dass ich bestimmt schon in ihr wäre.

„Ich habe dich vermisst," flüstere ich und bin mir nicht sicher, ob ich will, dass sie es hört. Aber ich muss es aussprechen. Sie muss es einfach wissen.

Mary sitzt auf mir wie versteinert. Sie zittert. Schnell hebe ich sie von meinem Schoß und hole ihren Bademantel. Ich lege ihr den Bademantel um die Schultern, setze mich auf die Liege und ziehe sie zwischen meine Beine. Ich brauche etwas Abstand von ihr und ihrer intimsten Stelle. Vor allem mein Schwanz braucht diesen Abstand.

Entgegen aller Vernunft hebe ich sie wieder auf meinen Schoß.

Was ist nur los mit mir? Ich bin doch keine 14 Jahre alt mehr, wo man keine Kontrolle über seine Erektionen hat.

Ich lehne meinen Kopf an ihre Stirn und versuche die richten Worte zu finden.

„Wir müssen reden," ist alles was mir einfällt. Das müssen wir und das kann ich nicht hier und nicht so. Mary muss dafür angezogen sein. Am Besten in einem Sack, der alles von ihr versteckt. Und wir dürfen nicht allein sein. Es muss irgendwo sein, wo ich mich durch andere Leute gebremst fühle.

„Geh heute Abend mit mir essen," bitte ich sie und höre mich so kläglich an, wie ein liebeskranker Troll.

Mary scheint jetzt erst einzufallen, wo wir überhaupt sind und dass eigentlich der Masseur schon hier sein sollte. Ihr Blick zuckt nervös hin und her.

„Keine Sorge, draußen hängt ein Schild mit bitte nicht stören." Sie hat meine Frage nicht beantwortet, also bitte ich sie erneut: „Bitte geh´ mit mir Essen. Wir können uns auch irgendwo anders treffen?"

Mary antwortet schlicht: „Ok."

„Okay?" frage ich nach, weil ich mir nicht vorstellen kann, dass sie so einfach zustimmt. Ich dachte, ich müsste sie ewig überreden oder anflehen oder sonst irgendetwas. Aber sie sagt einfach okay.

„Ja, okay," widerholt Mary und fragt mich dann wo.

Ich möchte ihr die Entscheidung überlassen. Mir ist es völlig egal. Hauptsache, die spricht mit mir. Sie will mir wirklich eine Chance geben, alles zu erklären. Die kleine Stimme, die mir sagt, dass sie mich schon einmal versetzt hat, ignoriere ich.

Sie sagt, dass sie sich noch immer nicht so gut in New York auskennt und ich auswählen soll. Ich vergesse immer, dass sie gerade erst hier lebt. In New York braucht man Jahre, um die besten Restaurants herauszufinden und wenn man Pech hat, gehen die genau dann bankrott oder wechseln einfach so den Besitzer.

Wo könnte ich mit Mary hingehen. Ich möchte nichts, wo ständig Papparazzi herumstehen, aber auch nichts, was so intim ist, dass man sich komplett vor den anderen Gästen zurückziehen kann. Es soll klein, aber nicht zu klein sein.

„Wie wäre es mit Joey`s? Es ist ein kleines gemütliches Restaurant," schlage ich vor und füge lieber hinzu: „Nichts für Anzugträger."

Mary scheint sich nicht wohl zu fühlen in der Gegenwart der High Society und Geschäftsleute. Außerdem soll es gemütlich sein. Ich habe Mary viel zu sagen und möchte, dass zumindest die äußeren Umstände angenehm für uns beide sind.

„Okay," sagt sie wieder und das Wort aus ihrem Mund ist heute das schönste Wort des Tages. „Schickst du mir die Adresse und die Uhrzeit?" fragt sie mich und nun ist es an mir „ok" zu sagen.

Mir fallen Felsbrocken vom Herzen. Sie geht mit mir essen. Sie lässt mich die Geschichte erklären. Ich habe noch eine Chance bei ihr.

„Eins muss ich aber jetzt schon wissen," sagt Mary und ihr Ton verrät mir, dass es keine angenehme Frage sein wird. Ich versuche meine Panik zu unterdrücken.

„Und was?" frage ich und bemühe mich um einen ruhigen Tonfall.

„War Kim Teil der Wette?"

Ich sehe ihr in die Augen und verstehe ihre Frage nicht. Warum sollte Kim ein Teil der Wette sein und warum ist es genau das, was sie jetzt schon wissen muss.

„Ich möchte wissen, ob Kim Teil der Wette zwischen dir und Carl war," wiederholt sie.

„Nein," gebe ich ehrlich zu, „als wir die Wette abgeschlossen haben, wusste ich noch nicht einmal, dass Kim existiert. Ich glaube auch nicht, dass Carl an dem Abend schon wusste, dass Kim deine Schwester ist. Das kann ich aber nicht mit hundertprozentiger Gewissheit sagen."

Ich bin nicht auf die Idee gekommen, Carl danach zu fragen. Mary schaut mir direkt in die Augen und scheint zu versuchen, herauszufinden, ob ich lüge oder nicht. Ich halte ihrem Blick stand. Immerhin ist das die Wahrheit.

Nach einer gefühlten Ewigkeit sagt Mary: „Gut."

Sie löst sich von mir und schlüpft in die Ärmel des Bademantels. Sie zieht ihn vor ihrem Körper zusammen, so dass ich sie loslassen muss. Jede Faser meines Körpers sträubt sich dagegen, aber es ist richtig.

„Wir sollten gehen," sagt sie in einem sachlichen Ton, der völlig fehl am Platz ist. Aber er lenkt mich davon ab, zu wissen, dass sie nackt ist unter diesem Bademantel.

Ich stimme ihr zu, lasse sie aber noch nicht ganz los.

„Ryan," sagt sie und der Klang meines Namens aus ihrem Mund sorgt dafür, dass sich in meinem Körper eine innere Wärme ausbreitet, die ich bisher noch nicht kannte.

„Mein Name aus deinem Mund klingelt himmlisch," sage ich.

Mary stupst mich gegen die Schulter und fordert mich auf, sie loszulassen. Wenn sie jetzt geht, kann ich dann sicher sein, dass sie wirklich zu unserem Essen kommt. Ich muss ihr vertrauen und darf die Hoffnung nicht aufgeben. Sie hat

Recht, wir sollten gehen. Ich kann sie nicht ewig hier festhalten.

Erst jetzt fällt mir auf, dass ich Marys Massage quasi abgesagt habe.

„Bleibst du noch?" frage ich Mary.

„Also in die Sauna gehe ich heute nicht," gibt Mary schlicht zurück und ich weiß nicht, was mir das sagen soll.

Da kommt mir eine Idee: Wenn ich Mary meine Kreditkarte hierlasse, schlage ich zwei Fliegen mit einer Klappe. Sie kann sich hier so viel gönnen, wie sie möchte, um sich doch noch zu entspannen und sie muss mir die Karte heute Abend zurückgeben.

Süß, wie Mary versucht sich gegen mein Geschenk zu wehren. Sie klingt ehrlich etwas gekränkt, aber erstens ist mir für sie nichts zu teuer und zweitens würde die Belastung meiner Kreditkarte nicht einmal auffallen, wenn Mary alle Anwendungen buchen würde, die das Spa im Angebot hat.

Ich reiße mich zusammen, gebe Mary einen Kuss auf die Stirn und verabschiede mich. Noch im Hinausgehen schicke ich Mary die Adresse von Joey´s.

Am Empfang gebe ich Bescheid, dass meine Karte für Miss Rice hinterlegt bleibt und sie alles buchen kann, was sie möchte. Lucy ist sichtlich erstaunt darüber, tut aber professionell, als würde so etwas hier jeden Tag vorkommen.

Als ich nach draußen trete, scheint tatsächlich die Sonne. Ich halte kurz mein Gesicht in die Sonne und mache mich dann auf den Weg zurück in mein Büro.

Kapitel 6

Während der Arbeit konnte ich die Zweifel, die die kleine Stimme in meinem Kopf hervorruft, verstummen lassen. Nun sitze ich eine halbe Stunde zu früh im Restaurant und warte. Wird sie kommen? Ich kaue von innen an meiner Wange herum.

Um mich abzulenken sehe ich mich um. Hier hat sich in den letzten Jahren nicht viel geändert. Ich war auch lange nicht mehr hier. Früher haben Jim und ich uns immer hier getroffen. Das Essen ist super und nicht überteuert. Außerdem hat man hier seine Ruhe vor den aufstrebenden Leuten und vor Papparazzi. Obwohl es eins der besten Restaurants in New York ist, trifft sich hier nicht das Who ist Who der New Yorker High Society. Natürlich kenne ich den einen oder anderen Gast. Das bleibt in meiner Position nicht aus, aber es ist keiner hier, um gesehen zu werden oder um einflussreiche Menschen zu treffen. Alle wollen nur ein gutes Essen genießen und das in ruhiger, netter Atmosphäre.

Ich habe mich für einen Tisch in der Ecke entschieden. Auch wenn ich mit Mary in der Öffentlichkeit reden will, nervt es mich doch, mitten in einem Lokal zu sitzen, wo die Kellner und die Gäste immer an einem Gast vorbei gehen müssen.

Jedes Mal, wenn sich die Tür öffnet, hoffe ich, dass sie es ist. Wie viel hier los ist, wird mir dadurch erst bewusst. Immer mehr Menschen betreten den Laden, doch es ist nie Mary. Die kleine Stimme in meinem Kopf versucht, mich in den Wahnsinn zu treiben. Sie versucht, mir Gedanken in den Kopf zu pflanzen.

Gedanken wie: Sie wird nicht kommen. Du wirst sie nie wiedersehen. Du hast es für immer versaut.

Über der Tür hängt eine Uhr, die sich quälend langsam eine Minute nach der

Anderen nach vorne schiebt. Sie hat noch Zeit, versuche ich mir immer wieder zu sagen, um mich zu beruhigen.

Fünf Minuten zu früh betritt Mary das Lokal. Ich springe sofort auf und renne zu ihr. Sie muss bleiben. Sie darf nicht einfach nur wieder meine Karte abgeben. Abrupt bleibe ich vor ihr stehen. Wie soll ich sie überhaupt begrüßen? Wieso habe ich da noch gar nicht drüber nachgedacht? Ihr die Hand zu geben ist zu förmlich, sie aber küssen ist wohl zu intim. Verdammt Gehirn, arbeite. Ich entscheide mich schließlich für einen Kuss auf die Wange.

Sie sieht einfach fabelhaft aus. Ich wette, dass sich viele Männer hier nach ihr umdrehen. Die Jeans sitzen, wie für sie gemacht und betonen ihre schlanke Figur. Die Bluse unterstreit die Farbe ihrer Augen. Ich muss ein Schmunzeln unterdrücken. Wahrscheinlich ist Mary die einzige Frau in New York unter 50, die ihre Bluse wirklich ganz zuknöpft.

Um zu verhindern, dass sie doch noch das Weite sucht, nehme ich Mary an die Hand und führe sie zu unserem Tisch. Mary rutscht auf die Bank, die die Wand im Rücken hat. Da sie bis zum Fenster durchrutscht, setze ich mich neben sie. Es scheint Mary nervös zu machen. Auch mich macht es etwas nervös, aber wir müssen über sehr intime Dinge sprechen und das möchte ich so leise wie möglich tun.

Ich nehme Marys Hand in meine und streichle mit dem Daumen darüber. Ihre Haut ist so zart. Der Kellner unterbricht meine Zärtlichkeit, um uns die Karten zu bringen und unsere Getränkewünsche aufzunehmen. Ich lasse Mary zuerst ein Getränk auswählen und schließe mich dann an. Es ist ungewohnt. Normalerweise gehe ich nur zu Geschäftsessen und bestelle dann immer Wein zum Essen, den ich selbst auswähle. Aber eigentlich ist es auch schön, sich darüber keine Gedanken machen zu müssen.

„Kannst du etwas empfehlen," fragt Mary, während sie ihre Speisekarte studiert.

„Eigentlich ist hier alles gut," sage ich, weil es stimmt. Alles, was ich hier bisher probiert habe, war einfach köstlich. Angefangen bei der einfachen Tomatensuppe bis hin zum cog au vin.

Neugierig sieht Mary mich an. Ich lese von ihrer Nasenspitze ab, dass sie wissen möchte, woher ich das weiß.

„Ich war hier früher öfter mit Jim," sage ich, um sie nicht auf die Folter zu spannen.

„Früher?" fragt Mary überrascht.

Ich erkläre ihr, dass ich immer viele Besprechungen und Geschäftsessen und so habe und da immer essen gehen muss. Da bleibt eigentlich keine Zeit, um mal privat essen zu gehen. Als ich es aus meinem eigenen Mund höre, klingt es eher wie eine Ausrede.

Mary bringt es auf den Punkt: „Wer nicht will, findet Gründe. Wer will, findet Lösungen."

„Du hast Recht, ich werde Jim gleich morgen früh anrufen und mit ihm zum Essen gehen."

„Warum erst morgen früh?" fragt Mary herausfordert.

Ich bin zum Essen mit Mary, da komme ich doch nicht auf die Idee und telefoniere mit jemand Anderen, nicht nur, dass ich das sehr unhöflich finde, wir haben auch viel zu bereden.

Der Kellner bringt unsere Getränke und fragt nach unserer Essensbestellung. Als der Kellner weg ist, fordert mich Mary auf, Jim jetzt anzurufen. Ich will jetzt nicht mit Jim telefonieren, aber ihre Miene zeigt mir, dass es ihr wichtig ist. Also gebe ich nach und rufe Jim an.

„Hey Jim," sage ich und höre aus seiner Begrüßung Überraschung heraus. Immerhin haben wir heute Vormittag erst miteinander telefoniert. Sonst hören wir wochenlang nichts voneinander und nun gleich zweimal am Tag. Ohne Umschweife frage ich, ob er morgen Zeit und Lust hat, mit mir essen zu gehen. Ich entscheide das, ohne in meinen Kalender gesehen zu haben. Mary hat schließlich Recht und ich werde schon Zeit finden. Sonst sage ich eben Termine ab.

„Ist etwas passiert?" fragt Jim überrascht und auch ein bisschen besorgt.

„Nein, es ist nichts passiert," beruhige ich ihn, „Mary hat mir nur gerade deutlich gemacht, dass ich mir mehr Zeit nehmen sollte für Menschen, die mir wichtig sind."

„Mary hat dir das gesagt?" fragt er ehrlich überrascht.

„Ja, Mary."

„Du hast mit ihr gesprochen?" fragt er noch einmal nach.

„Ja, sie sitzt neben mir. Möchtest du sie sprechen?"

Jim lacht. Es ist herrlich sein ehrliches Lachen zu hören. Er scheint wirklich amüsiert zu sein. Sein Lachen ist ansteckend. Das war es schon immer. Egal, wie schlecht meine Laune immer war, wenn Jim herzhaft gelacht hat, musste ich einfach mit lachen.

„Wenn du mir das sagst, dann wird das schon stimmen. Ich bin nur sehr überrascht. Nun kümmere dich aber um deinen Gast."

„Wir reden morgen, ok?"

„Sehr gerne, schick mir einfach eine Restaurantadresse und eine Uhrzeit und ich werde da sein."

„Ja, schicke ich dir morgen früh. Bis dann."

„Bis dann."

Ich wende mich zu Mary und frage: „Zufrieden die Dame?"

Mary strahlt über ihr ganzes Gesicht und das freut mich mehr als die Verabredung morgen mit Jim.

„Wohin geht ihr?" fragt Mary.

„Das kommt darauf an, wie der Abend läuft," gebe ich zurück. Wenn der Abend gut läuft, würde ich mit Jim in das Look out gehen, um Mary wenigstens zu sehen, auch wenn sie keine Zeit haben wird. Wenn sie mich nach diesem Abend zum Teufel jagt, ist mir das Lokal egal.

„Ich dachte, ihr geht immer hierher?" fragt Mary und ich merke, dass sie nur Zeit schinden möchte. Dennoch sage ich ihr, dass wir früher oft hier waren, aber Jim sie sicher auch wiedersehen möchte.

Soweit ich es abschätzen kann, hat Mary sich lange nicht in das Fitnessstudio getraut. Also haben die beiden nur miteinander telefoniert.

Unser Essen wird serviert. Und ich versuche das Gespräch mit einer Entschuldigung zu beginnen, doch Mary bittet mich, dass Gespräch nach dem Essen zu führen. Ich versuche in ihrem Gesicht zu lesen, warum sie das möchte und ob sie dann wirklich bereit ist, mit mir zu reden. Wir müssen das Geschehene besprechen, ob Mary will oder nicht. Wenn sie aber nicht wollte, wäre sie nicht da. Also dann nach dem Essen.

Ich versuche Small-Talk zu machen, indem ich sie nach ihrem restlichen Tag im Spa frage. Bereitwillig erzählt sie mir davon. Als ob ich es gewusst hätte, hat sie keine weiteren Behandlungen gebucht. Wieso ist sie nur so? Wieso nimmt sie es nicht an, wenn ich ihr etwas schenken möchte?

Marys Handy piept und sie macht keine Anstalten danach zu sehen. Wieder etwas, was Mary von dem Rest der New Yorker unterscheidet. Oder macht sie das nur nicht, weil sie einen Anderen kennengelernt hat, der ihr schreibt. Erneut meldet sich diese kleine Stimme in meinem Kopf, die mir sagt, dass sie einen Besseren gefunden hat.

„Schau ruhig nach," sage ich zu ihr und versuche zu verbergen, dass mich die Eifersucht umbringt. Wen könnte sie so schnell kennengelernt haben. Sie holt ihr Handy aus der Tasche und während sie die Nachricht liest, breitet sich ein breites Grinsen auf ihrem Gesicht aus. Sie sieht wunderschön aus, wenn sie glücklich ist. Wer macht sie so glücklich und warum kann ich es nicht.

„Kim," sagt Mary schlicht.

Routinemäßig sage ich, Mary soll sie grüßen. Was hat sie Kim über mich, über die Nacht und über Carl erzählt?

Ich sehe, dass sie den Ton des Handys ausstellt. Erst jetzt registriere ich, dass sie die Uhr gar nicht trägt. Ihre Antwort ist wie ein Stich in mein Herz.

„Nein. Ich habe sie verpackt und wollte sie dir mit dem Solar zurückschicken. Ich hatte aber noch keine Zeit, mir ein neues Handy zu kaufen."

Ich unterdrücke meine Gefühle und erkläre ihr, dass ich ihr die Sachen geschenkt habe. Ich würde sie nie einer anderen Frau geben. Ich will die Sachen nicht zurück.

Leise, fast zu leise, sagt Mary, dass sie nichts haben wollte, was sie an mich erinnert. Der Stich, den mir diese Aussage versetzt, ist noch schmerzhafter. Wie konnte ich sie so verletzen. Was stimmt mit mir nur nicht. Dennoch springt ein kleiner Gedanke durch meinen Kopf, dass sie immer an mich gedacht hat. Sonst hätte sie die Sachen nicht zurückgeben wollen.

Mary wollte erst nach dem Essen darüber reden, also frage ich, wie es Kim geht. Ich habe nichts mehr von ihr gehört, nachdem sie Carl einen Korb verpasst hat. Immerhin hat Carl danach eingesehen, dass es so nicht weiter gehen kann und sich von mir von einer Entziehungskurs überzeugen lassen. Wobei überzeugen vielleicht nicht das richtige Wort ist. Ich bin einer seiner größten Geldgeber und habe angedroht, ihm die entsprechenden Gelder für das nächste Jahr zu streichen. Carl verdient zwar gutes Geld, aber er lebt auch auf sehr großem Fuß. Ohne finanzielle Unterstützung würde er nicht so viel Geld verdienen, wie er verbraucht.

Zu meiner Überraschung sagt Mary, dass Kim und sie sich nicht oft sehen würden. Wir kann das sein? Immerhin sind sie Schwestern und sie wohnen zusammen. Andererseits hat Mary zwei Jobs und Kim arbeitet für Carl, der von seinen Mitarbeitern immer Überstunden ohne Ende erwartet. Mary sagt, dass Carl momentan auf einer Reise ist und Kim deswegen etwas Ruhe hat. Das kann ich mir vorstellen, wenn Carl da nicht durch die Gegen springt, läuft der Laden.

Ich möchte Mary zeigen, dass sie mir vertrauen kann, also flüstere ich ihr ins Ohr, dass Carl sich in einer Entziehungskur befindet.

„Was?" fragt Mary überrascht.

„Ja, sagen wir mal, er ist nicht so freiwillig gegangen, wie er sollte, aber ich kann sehr überzeugend sein."

„Das kann ich bestätigen," sagt Mary und ihr kleiner sexueller Unterton bringt mich zum Schmunzeln.

„Weswegen ist er dort," fragt Mary und auch dieses Mal durchschaue ich ihr Ablenkungsmanöver.

„Drogen und Alkohol."

„Oh," sagt Mary und wirkt ehrlich überrascht.

Bevor Mary auf falsche Ideen kommt, erkläre ich ihr, dass ich nichts von Drogen halte und auch nicht verstehen werde, warum Carl sie nimmt. Mary nickt nur und sieht nachdenklich aus.

„Hat es dir geschmeckt?" frage ich.

„Ja, es war sehr lecker," sagt Mary und ich freue mich darüber. Zwar habe ich nicht gekocht, aber immerhin das Restaurant ausgesucht.

Bevor ich das Thema erneut anschneide überrede ich Mary zu einem Cocktail. Vielleicht erleichtert das uns Beiden das Gespräch. Noch einmal beginne ich mit einer Entschuldigung.

„Das sagtest du schon," sagt Mary in einem derart kalten und schneidenden Ton, dass es mir kurz die Sprache verschlägt. Sie hat jeden Grund dafür, sauer zu sein. Aber immerhin ist sie hier, also versuche ich es weiter.

„Es war nicht meine Idee mit der Wette," beginne ich und bereue es schon in dem Moment, als es aus meinem Mund heraus ist. Es klingt nach einer billigen Ausrede.

„Ach, das macht es jetzt besser, oder wie?" wirft sie mir erneut in demselben Tonfall an den Kopf.

Unsere Cocktails werden gebracht und ich habe kurz Zeit einmal durchzuatmen. Wie soll ich ihr die ganze Angelegenheit erklären.

„Nein, dass macht es nicht besser. Ich möchte dir nur die ganze Geschichte erzählen, weil ich möchte, dass du alles weißt, damit du mir vielleicht irgendwann einmal verzeihen kannst.

Also an dem Abend im Restaurant hat Carl mich herausgefordert und ich fand dich niedlich. Carl und ich standen schon immer im Wettkampf um Frauen. Was heißt Wettkampf, es war eher ein Konkurrenzkampf. Es gab keine Frau, an der wir ernsthaftes Interesse hatten, die jetzt den Anderen gewählt hätte oder so. Es war ein Spiel zwischen ihm und mir. Nachdem Sarah verschwunden war und ich damit abgeschlossen hatte, wollte ich mein Leben genießen und Carl war der Typ, der mit mir auf einer Wellenlänge war. Die Frauen schmissen sich uns an den Hals und wir haben sie genommen, wenn uns danach war. Ich weiß, dass das schlimm klingt, aber das ist die Wahrheit. Vor solchen Frauen habe ich keinen Respekt"

Ich sehe Mary genau in die Augen, um zu sehen, ob sie mir folgen kann oder ich noch mehr erklären muss. Sie errötet leicht und ich frage mich warum.

„Viele Frauen wollen mit uns schlafen, weil wir reich sind und Einfluss haben. Sie meinen, dass es sie irgendwie angesehener macht oder ihre Karriere fördert, aber das ist nicht so. Bei Carl versprechen sie sich eine Modellkarriere, aber Carl hatte so viele Frauen, dass er sich sicher nicht einmal an die Hälfte erinnern kann. Wir hatten Sex mit ihnen und nicht mehr. Viele haben mit uns dafür nicht einmal die Clubs verlassen."

„Okay, ich habe verstanden," unterbricht Mary mich. Okay, sie will nichts von den anderen Frauen wissen. Das kann ich verstehen. Ich würde es auch nicht wissen wollen, wenn Mary mit einem anderen Mann Sex hatte. Hatte sie? Ich muss den Gedanken verdrängen und ihr erst die Geschichte erzählen.

„Hin und wieder haben wir gewettet, wer welche Frau abschleppen kann. So sollte es auch bei dir sein. Es klingt grausam und das ist es auch. Das ist mir vor dir aber nie wirklich klar gewesen. Normalerweise liefen solche Wetten nur über einen Tag, maximal zwei."

„Ihr habt das öfter gemacht?" frage Mary und ist ehrlich schockiert. Ich gebe es zu. Lügen bringt nichts. Ich will, dass sie alles weiß.

Ich erzähle ihr weiter von den Frauen, die sich betrinken, um sich reichen Männern an den Hals zu werfen, nur um dann zu behaupten, dass sie das nüchtern natürlich nie machen würde, es am nächsten Abend aber wieder genauso machen. Ich sehe ihr trauriges Kopfschütteln, aber sie weiß auch, dass ich Recht habe.

Ich sehe sie an und überlege, ob sie den nächsten Satz verkraften wird, aber ich habe beschlossen und versprochen, ihr die ganze Geschichte zu erzählen.

„Wir dachten, du wärst genau so eine Frau. Mary, wir kannten dich doch nicht. Du hast mit uns sogar geflirtet."

„Also ist es jetzt meine Schuld," gibt sie trotzig zurück.

„Nein, das wollte ich damit nicht sagen. Aber es gab keinen Anlass für uns zu denken, dass du anders wärst als die ganzen anderen Frauen."

Marys Blick geht in die Ferne und ich spüre, dass sie sich zurück an unsere erste Begegnung erinnert. Es kommt mir vor, als wäre das schon Jahre her. Ich bedeute dem Kellner, noch eine Runde Cocktails zu bringen.

„Eigentlich habe ich der Wette nur zugestimmt, weil Carl mich genervt hat. Nicht, weil ich dich nicht attraktiv fand, sondern weil ich keine richtige Lust auf die Wette hatte.

Ich fand dich unglaublich sexy in deiner Uniform," sage ich und streiche Mary über einen Unterarm. „In einem Club hätte ich dich sicher auf die Toilette gezerrt," versuche ich die Situation etwas aufzulockern. Aber Marys Reaktion zeigt mir deutlich, dass sie nicht zu Späßen aufgelegt ist, also entschuldige ich mich bei ihr, obwohl es die Wahrheit ist.

„Mary, was ich versuche dir zu sagen ist, dass ich zwar die Wette mit Carl eingegangen bin, aber erst war es mir gar nicht ernst mit der Wette. Dann hast du gesagt, ich sei schwul. Mary ich bitte dich. Das kannst du keinem Mann sagen."

Immerhin entlocke ich ihr so ein kleines Kichern.

„Das findet du witzig?" frage ich und versuche empört zu klingen. „Damals fand ich das ganz und gar nicht witzig."

„Ehrlich gesagt ja," gibt Mary zu und grinst dabei. „Außerdem," fügt sie hinzu, „hast du es mehr als verdient."

„Ok, da hast du Recht. Aber danach wollte ich dir einfach beweisen, dass ich alles andere als schwul bin. Ich wollte dir einfach das Hirn rausvögeln. Entschuldige die Wortwahl, aber genau das war mein Gedanke. Die Wette war Nebensache, es ging um´s Prinzip. Keine Frau darf mir ungeschoren an den Kopf werfen, dass ich schwul bin."

„Na, ich glaube, du hast es mir bewiesen."

„Was?"

„Das du eindeutig nicht schwul bist."

„Habe ich das?" frage ich und bin wirklich interessiert daran, was sie mir über unsere Nacht bzw. unseren Sex zu sagen hat.

„Naja," sage Mary und legt einfach ihre Hand auf meinen Oberschenkel. Mir bleibt der Mund offen stehen. Langsam lässt Mary ihre Hand in Richtung meines Schwanzes wandern.

„Du vielleicht nicht, aber ich denke der hier," sagt sie und legt ihre Hand auf meinen Schwanz, „reagiert eindeutig zu sehr auf mich, als das du auf Männer stehen könntest."

Sofort beginnt mein Blut in meinen Schwanz zu fließen.

„Was war der Wetteinsatz?" fragt Mary.

„Was?" frage ich verwirrt. Mary streichelt meinen Schwanz und ich soll mich auf ihre Frage konzentrieren. Sie hat entweder keine Ahnung von Männern oder will mich einfach nur quälen. Vermutlich das Zweite.

„Was ich wert war, möchte ich wissen," formuliert Mary ihre Frage erneut. Erst jetzt wird mir bewusst, dass wir mit jedem Wetteinsatz den Frauen einen Wert beigemessen haben.

„Carl hat mein Haus in Aspen für zwei Wochen bekommen."

„Hat?" fragt Mary und ich höre die Anklage in ihrer Stimme. Ihre Hand liegt ganz ruhig und ich habe Angst, dass sie mit Kraft zudrücken könnte. Ich versuche mich auf das Gespräch zu konzentrieren, aber es will mir nicht wirklich gelingen.

„Ja, naja, er hätte, wenn er jetzt nicht beschäftigt wäre."

„Wieso bekommt Carl dein Haus, wenn du gewonnen hast? Das verstehe ich nicht."

„Mary," ich muss mich echt zusammenreißen, „manchmal stellst du dich auch dumm. Meinst du allen Ernstes, ich hätte Carl von der Nacht erzählt."

Hat sie das wirklich gedacht? Klar hat sie das gedacht, wieso sollte sie auch nicht. Immerhin hat sie gehört, was wir getan haben. Sie wird nicht bis Ende geblieben sein, sonst hätte ich den Fahrstuhl gehört. Außerdem hätte ich Carl auch noch am nächsten Tag davon erzählen können. Mein Gott, sie muss mich wirklich für ein Monster halten.

„Mary, ich ..," mir fehlen die richtigen Worte. Wie kann sie nur so etwas ernsthaft von mir denken. „Mary, oh mein Gott. Nein, das habe ich nicht. Du hältst mich wirklich für ein Monster, oder?"

Ich halte ihre Hand auf meinen Schwanz nicht mehr aus. Nicht nur, dass es mich ablenkt, ich will auch verhindern, dass Mary etwas Falsches denkt. Ich küsse ihre Hand. Jeden einzelnen Finger küsse ich. Ihre Haut ist weich und warm. Ich möchte auch ihren Arm küssen und ihren Hals und alles andere, aber erst einmal muss sie wissen, dass das nicht alles ist, was ich von ihr will.

„Mary, ich habe immer wieder versucht, mir einzureden, dass es nur um die Wette geht. Besonders, wenn du mich um den Verstand gebracht hast. Ich wollte mir nicht eingestehen, dass du mehr bist als diese Wette. Bis zu der schönsten und schrecklichsten Nacht meines Lebens. Ich wollte es dir sagen, ich wollte dich aufhalten."

„Also ist es doch meine Schuld?" fällt sie mir ins Wort. Am Liebsten möchte ich sie schütteln, damit sie es sein lässt, sich die Schuld zu geben. Wann begreift sie, dass sie einfach nur zur falschen Zeit am falschen Ort war. Andererseits wäre sie dann vielleicht nie wirklich in mein Leben getreten.

„Nein, um Gottes Willen, hör´ endlich auf, dir die Schuld zu geben. Es ist alles meine Schuld. Ich hätte mich nie auf die Wette einlassen dürfen oder zumindest Carl sagen sollen, dass die Wette vorbei ist, als ich gemerkt habe, dass du mir mehr bedeutest. Aber es war mir nicht mehr wichtig.

Ich hätte mich mehr wehren müssen. Aber Mary, ich wollte es so sehr. So oft habe ich daran gedacht, wie es mit dir wäre. So oft habe ich davon geträumt. Ich bin eben auch nur ein Mann."

Mein Daumen kreist über ihre Hand. Sie wirkt entspannter als am Anfang. Also wage ich es und frage, ob wir gehen wollen. Ich möchte Zeit mit ihr verbringen, aber hier sind zu viele Menschen. Es wird schwer, nur kleine Zärtlichkeiten mit ihr auszutauschen, aber so kann ich ihr beweisen, dass sie mehr ist als Sex.

Als der Kellner unsere Rechnung bringt, greift Mary danach. Ich glaube, sie will mich echt ärgern. Ganz bestimmt lasse ich sie nicht bezahlen.

„Wo ist denn deine Kreditkarte," fragt Mary mich frech. Ich muss schmunzeln. Es stimmt, sie hat mir meine nach nicht zurückgegeben, aber ich besitze so viele Kreditkarten, dass es sicher Wochen gedauert hätte, bis ich es gemerkt hätte.

Ich hole mein Handy hervor und schreibe, dass ich den Wagen brauche. Mary sieht mich an und ich frage sie schlichtweg, ob sie laufen wollte. Ich würde nichts lieber tun, als mit Mary durch die Straßen zu schlendern, aber noch weiß ich nicht, wer versucht hat, mich umzubringen. Ich würde damit auch Mary in Gefahr bringen, bin aber klug genug, das nicht zu sagen.

Beim Verlassen des Lokals lege ich den Arm um Mary und stecke meine Hand in die hintere Tasche ihrer Jeans. Wie praktisch die doch sind. Mary tut es mir gleich und wie jedes andere Paar machen wir uns auf den Weg nach Hause. Ich stoße die Tür auf und bereue es sofort wieder. Woher wissen die Papparazzi, dass es hier heute etwas zu fotografieren gibt? So gut es mir möglich ist, schiebe ich Mary durch die Menge und auf den Rücksitz meines Wagens. Schnell laufe ich auf die andere Seite des Wagens, steige ein und schließe ich die Tür.

Ich rufe Rick an. Er weiß sofort, worum es geht und ich weise in an, herauszufinden, woher die wussten, wo wir sind. Ich habe es keinem gesagt. Nicht einmal Clara wusste es. Sie hat meine Handynummer um mich im Notfall zu erreichen, da muss sie nicht immer wissen, wo ich mich aufhalte.

„Es tut mir leid," murmele ich.

„Was tut dir leid?" fragt Mary.

„Ich dachte, wir gehen in Ruhe zum Essen und haben einen schönen Abend, der nur uns gehört."

„Aber?"

„Na, du hast die Papparazzi ja gesehen. Morgen wird es wieder in jeder Zeitung stehen. Das wollte ich nicht. Mary, glaube mir. Ich möchte dich nur für mich haben und nicht mit Anderen teilen."

Viel zu schnell sind wir an Marys Wohnung. Ich bin mir sicher, dass auch hier Papparazzi lauern.

„Mary, ich werde nicht mit dir in deine Wohnung kommen."

Ich sehe, dass ihr Gesicht betrübt wirkt. Sie ist traurig, hätte sich gefreut, mit mir die Nacht zu verbringen. Ich würde es auch gerne, aber ich muss sie in Sicherheit bringen, das heißt, man darf uns nicht zusammen sehen. Außerdem soll sie über alles nachdenken, was ich ihr heute gesagt habe. Ich will, dass sie sich erst über alles klar geworden ist, bevor sie das nächste Mal mit mir schläft.

Ich muss mit Rick einen Plan erarbeiten, um sie in Sicherheit zu bringen.

„Nimm dir Zeit, dir alles zu überlegen. Dann melde dich bei mir. Ich werde sofort da sein, wenn du mich dann noch willst."

Mary löst ihren Sicherheitsgurt und mir wird wehmütig ums Herz. Wird sie sich melden? Bevor ich reagieren kann, sitzt Mary auf meinem Schoß und verschließt ihre Lippen mit meinen. Ihre Zunge erkundet meinen Mund, spielt mit meiner Zunge und neckt mich. Ich erwidere ihren Kuss. Mary vergräbt ihre Finger in meinen Haaren und zieht leicht daran. Unwillkürlich stöhne ich auf. Das sich das so unglaublich anfühlen kann, hätte ich nie gedacht.

Meine Hände beginnen Marys Rücken zu streicheln. Durch die dünne Bluse kann ich die Wärme ihrer Haut spüren. Mein Kopf legt sich wie von selbst in den Nacken. Mary bewegt ihre Hüften auf meinem Schoß. Meine Jeans droht zu platzen. Mein Schwanz drückt sich Mary entgegen.

„Nein," sage ich und versuche Mary und mich zu überzeugen, dass wir das nicht hier und jetzt tun sollten. Immerhin habe ich ihr eben gesagt, sie soll erst in Ruhe nachdenken. Außerdem hat sie 2 Cocktails getrunken und ich weiß nicht, wie viel Alkohol sie verträgt. Nachher macht sie mir Vorwürfe, dass ich sie betrunken gemacht habe und dann mit ihr geschlafen habe.

„Mary, das sollten wir nicht tun," sage ich und versuche so viel Überzeugung in meine Stimme zu legen, um Mary zu überzeugen.

Mary sieht mich an und ich sehe, wie erregt sie ist. Wie sehr sie mich will. Ryan, bleib stark, sage ich mir selber. Ich lege meine Hände um ihr Gesicht.

„Es ist besser so," sage ich ihr und versuche sie zu überzeugen, obwohl ich selbst nicht daran glaube.

Ohne ein weiteres Wort verlässt Mary meinen Wagen und geht zu ihrer Haustür. Sie dreht sich nicht einmal um. Schwer werfe ich mich in die Polster zurück. Der Wagen setzt sich in Bewegung. Mir ist noch nie etwas so schwer gefallen.

Kapitel 7

Ich schreibe Rick eine E-Mail, dass ich eine Risikoanalyse möchte bezüglich meiner Sicherheit und der von Miss Rice. Falls sich meine kleine Hoffnung erfüllt und sich mich wirklich will, muss ich wissen, wie groß die Gefahr für ihr Leben ist. Ich würde unsere Beziehung auch geheim halten, um Mary nicht immer mit anderen teilen zu müssen, weil ihr Foto immer in der Presse wäre. Sie ist fotogen. Dazu kann ich nichts Anderes sagen. Wenn ich aber nicht einmal mit ihr in einem unbekannten Lokal essen gehen kann, wie kann ich dann eine ganze Beziehung geheim halten?

Ich schreibe Rick, dass ich in 15 Minuten zuhause bin und dann seinen Bericht erwarte. Es ist nicht so, dass Rick sonst nicht schnell arbeiten würde, aber noch nie war mir etwas so wichtig, wie die Sicherheit von Mary.

Rick schreibt mir eine E-Mail. Das ist an sich nichts Ungewöhnliches, allerdings schon, wenn ich ihn doch gleich zu einem Gespräch bestellt habe. Neugierig öffne ich die E-Mail.

Die Polizei hat einen Verdächtigen für den Giftanschlag. Ich forsche weiter nach und melde mich, sobald ich mehr erfahren habe.

Die Polizei hat einen Verdächtigen. Soll das heißen, der Spuk ist bald vorbei? Dann könnte ich nachts ruhig schlafen. Nervös trommle ich mit meinen Fingern auf meinem Oberschenkel herum. Wer ist es und warum hat er das getan?

Ein Samuel White wurde gerade festgenommen. Er war Kellner auf der Gala. Nach langen Suchaktionen wurde eine kleine Phiole im Müll ein paar Blocks entfernt gefunden. Man konnte Fingerabdrücke nehmen und dank einer Jugendstrafe wegen Drogen, konnte man Herrn White ermitteln. Zu seinem

Motiv kann ich noch nichts sagen. Bleibe aber dran.

Ich atme erleichtert auf. Natürlich ist noch kein Geständnis da und kein Motiv, aber wenn seine Fingerabdrücke auf der Phiole sind, wird er auch der Täter gewesen sein.

Endlich ein Fortschritt. Halten sie mich auf dem Laufenden.

Ich stecke mein Handy weg und freue mich auf einen entspannten Abend. Was mache ich jetzt noch? Normalerweise arbeite ich bis spät, gehe mit Geschäftskunden essen oder gehe mit Carl aus.

In meiner Wohnung streife ich umher. Zum ersten Mal kommt mir die Wohnung leer vor. Alles ist perfekt eingerichtet, aber es wirkt auf einmal kühl und nicht wie ein Zuhause.

Mein Handy piept und ich höre am Ton, dass es aus unserer Presseabteilung kommt. Entweder hat die Presse schon Wind von der Festnahme bekommen oder es geht um das Essen. Eigentlich habe ich keine Lust, mich damit zu beschäftigen, aber ich muss sehen, ob es Mary schaden kann.

Es öffnet sich ein Zeitungsartikel mit der Überschrift „Geheimnis um die Frau an der Seite von Ryan Black ist gelüftet"

Das Geheimnis um die geheimnisvolle Frau an der Seite von Ryan Black scheint nun gelüftet zu sein. Einer anonymen Quelle zu Folge handelt es sich bei der jungen Frau um Mary Rice aus Maine. Die junge Frau ist erst kurz in der aufregendsten Stadt der Welt und hat sich schon den begehrtesten Junggesellen New Yorks geangelt. Ist das nicht der Traum jeden Mädchens?

Die Presseabteilung hat die E-Mail mit dem Vermerk gekennzeichnet, dass es wohl nicht möglich ist, diesen Artikel zu blockieren, da er schon im Internet kursiert.

So eine verdammte Scheiße. Ich wollte nicht, dass Mary so schnell in das Licht der Öffentlichkeit gerät. Wer hat ihren Namen weitergegeben. Eine weitere Mail trifft ein und zeigt mir, dass Rick schon daran ist, das herauszufinden. Es läuft wirklich ohne mich.

Soll ich Mary anrufen und vorwarnen? Lieber nicht. Das Theater wird sie schnell genug einholen und heute Nacht hat sie schon so viel zu verarbeiten. Die Veröffentlichung eines Dementier würde nur dazu führen, dass es noch mehr Wirbel um Mary geben würde. Wenn sich Mary gegen mich entscheidet, werden wir die Trennung öffentlich machen zu unseren Bedingungen.

Ich schreibe James eine Mail, dass er morgen früh, nachdem er mich in mein Büro gefahren hat, bitte Mary den Tag über fahren soll. Sie wird einen Wagen brauchen. Er schützt sie zwar nicht auf dem Weg zum Wagen, aber immerhin kann sie so zur Arbeit fahren ohne Papparazzi, die neben ihr herlaufen.

Das erste Mal seit langer Zeit begebe ich mich für mich früh in mein Bett. Es ist gerade einmal Mitternacht. Ich denke an Mary und unseren schönen Abend. Sie muss mir einfach verzeihen.

Ich drehe mich hin und her und versuche zu schlafen, doch die Unsicherheit lässt mich nicht in den Schlaf finden. Ich schreibe Mary eine Nachricht, bevor ich mich doch an die Arbeit setze.

Liebe Mary. Ich hoffe, du schläfst besser als ich. Lass mich deine Entscheidung bald wissen.

Kapitel 8

Während ich im Aufzug meines Bürogebäudes nach oben fahre, schreibe ich Mary:

Mein Wagen steht vor der Tür und bringt dich hin, wo immer du möchtest.

Es wird für Mary ein absoluter Höllentag. Ihr werden diese Aasgeier von Papparazzi keine Ruhe gönnen und sie überall hin verfolgen.

Rick schrieb, dass der Tipp auch von diesem Samuel White kam. Er redet aber noch immer nicht. Zu seinem Glück sitzt er in Untersuchungshaft. Wenn ich ihn in die Finger bekommen würde, könnte ich für nichts garantieren.

Im ersten Meeting des Tages geht es um die Weiterentwicklung einer Wasserfilteranlage. Sie soll irgendwann autark funktionieren, so dass wir sie auch in Afrika ohne

Strom oder ähnliches nutzen können. Noch immer schaltet sich die Anlage nach einem Monat selbst ab. Die Ingenieure finden das Problem einfach. Schaltet man die Anlage wieder ein, läuft sie wieder einen Monat. Nur um sich dann erneut abzuschalten. Die neueste Erkenntnis besteht lediglich daran, dass es sich immer genau um einen Monat handelt.

James teilt mir mit, dass Mary zu einem Meeting bei Theodor ist. Das ist schön. Den Termin werden die Pressefuzzies nicht kennen und sie dann dort auch nicht belästigen.

Ich frage James, wie Mary sich macht. Wie gerne, würde ich sie anrufen, aber ich habe versprochen, zu warten, bis sie sich meldet. James schreibt mir:

Sie macht sich gut. Hält den Kopf oben, aber es ist schwer für sie. Sie hat viele Fragen. Immerhin ist das alles neu für sie. Ich passe auf sie auf.

Da bin ich mir sicher, deswegen habe ich James zu Mary geschickt und keinen meiner anderen Fahrer. Keiner hat so viel Erfahrung wie James und Mary kennt James schon. So hat sie eine Person um sich, der sie vertraut. Es beruhigt mich zwar etwas, aber wirklich entspannen kann ich mich nicht.

Auch wenn Mary sich noch nicht gemeldet hat, schreibe ich Jim, dass wir uns im Look out treffen. Ich muss mich einfach überzeugen, dass es ihr trotz dem Trubel gut geht. So habe ich wenigstens etwas, worauf ich mich freuen kann.

Theodor kommt nach seinem Termin mit Mary zu mir, um das Projekt zu besprechen. Wie immer ist er gut vorbereitet und hat bereits einen Plan erstellt, wer wann die Entwicklung übernehmen soll. Auch, wenn ich schon jahrelang mit Theodor zusammenarbeite, bin ich immer wieder überrascht, wie gut er sich auf Meetings vorbereitet und wie durchdacht seine Pläne sind. Ich erwarte immer, dass man immer gut vorbereitet ist, wenn man in ein Meeting geht, aber Theodor hat immer jede Eventualität durchdacht.

„Mister Black," reißt er mich aus meinen Gedanken und ich hoffe, er hat es nicht gemerkt.

„Theodor, dass hatten wir doch schon. Ryan."

„Okay, Ryan," sagt er uns sieht ein bisschen wie ein Schuljunge dabei aus, dabei könnte er mein Vater sein. Theodor ist einer der wenigen Geschäftspartner, dem ich das „du" angeboten habe. Normalerweise schätze ich es, wenn Menschen mich mit meinem Nachnamen anreden. Es verleiht der Situation etwas Offizielles und die Menschen vermeiden Vertraulichkeiten. Keiner soll mich für einen Freund halten und deswegen eine besondere Behandlung erwarten.

Bei Theodor ist das anders. Er weiß, wie das Geschäft läuft und schätzt professionelles Arbeiten. Er würde nie ein Angebot aus Höflichkeit annehmen oder ablehnen. Er geht effizient und kalkuliert vor. Dennoch geht Theodor bei seinen Geschäften nicht über Leichen. Seine Angestellten bezahlt er so gut er kann und sorgt für ihre Familien, wenn es nötig ist. Theodor hat meinen absoluten Respekt als Geschäftsmann und als Mensch, deswegen habe ich ihm das „du" angeboten.

„Also," fährt Theodor fort, „Mary hat den Vertrag unterschrieben und ich freue mich darauf, dass wir an diesem Projekt zusammenarbeiten. Sie wissen, dass ich mich nie in ihr Privatleben eingemischt habe oder gar Informationen darüber einholen wollte und es liegt mir fern, es dieses Mal zu tun."

Ich hebe die Hand, um ihn zu stoppen. Ich weiß, dass es ihm unendlich schwerfallen muss, das Thema anzuschneiden und ich möchte es ihm ersparen. Ich kann aber verstehen, dass ihn meine Beziehung zu Mary beunruhigt.

„Theodor, ich kann dir versichern, meine Freundschaft zu Miss Rice hat keinen Einfluss auf unser Geschäft oder dein Geschäft mit Miss Rice. Ich werde mich nicht in die Verhandlungen von dir und Miss Rice eingreifen. Den Vertrag habe ich selbstverständlich gelesen und Miss Rice zu unserer beratenden Kanzlei geschickt. Wie ich es mit jedem Vertragspartner handhabe. Wir wollen ja keine Probleme bekommen.

Ich kann natürlich nicht leugnen, dass mich ein Erfolg des Projektes mehr freut als bei anderen Projekten, aber das hat keinen Einfluss auf die Verträge oder die Arbeit, die meine Mitarbeiter leisten werden."

„Das habe ich mir gedacht," sagt Theodor. Er wirkt erleichtert. Nicht, dass ich mich nicht einmische, das wusste er sicher, sondern dass er das einmal angesprochen hat. Vorsicht ist nun einmal die Mutter der Porzellankiste und dieses Geschäft könnte uns beide einen großen Gewinn bringen.

„Also," fährt Theodor fort. Die Verträge sind unterschrieben und meine Entwickler haben diesen groben Plan erarbeitet."

Er reicht mir einen sehr detaillierten Plan, aus dem hervorgeht, welche Abteilung welche Zeile erreichen soll. Auf den ersten Blick sieht der Plan gut aus. Alle Ziele sind so untergliedert, dass jeder Entwicklungsschritt in unter Punkte unterteilt sind. Wie eine Schritt-für-Schritt-Anleitung zum Zusammenbauen von Möbeln.

„Ich werde das gleich runter in die Entwicklungsabteilung geben."

„Grün machen wir, blau deine Leute. Aber ich habe meine Entwickler schon angewiesen, alle Fortschritte mit deinen Leuten zu teilen. Du musst mir nur noch mitteilen, welcher deiner Entwickler der Leiter für dieses Projekt sein soll."

Ich denke kurz nach. Wie konnte mir das passieren, dass ich noch keinen Chefentwickler bestimmt habe.

„Ich denke Steve Boldt ist der Richtige für diesen Job," sage ich schließlich.

„Oh, den kenne ich. Der ist wirklich gut," sagt Theodor.

„Meine Leute sind alle gut," sage ich mit einem leicht spöttischen Unterton.

„Das stimmt," lacht Theodor. „Zum Glück arbeiten einige meiner Mitarbeiter schon länger bei mir, als du im Geschäft bist. Die bleiben mir treu."

„So eine Treue kann man mit keinem Geld aufwiegen," gebe ich zurück. Es stimmt, ich habe vielen seiner Mitarbeiter ein Angebot gemacht. Das weiß er. Ich mache aus so etwas nie ein Geheimnis. In meinem Unternehmen sollen die Besten der Besten arbeiten, auch wenn sie zunächst in einer anderen Firma arbeiten. Viele haben bei dem gebotenen Gehalt zugegriffen. Bei Theodors Angestellten sah das anders aus. Nur einige junge Angestellte konnte ich abwerben. Die älteren Angestellten haben mir sehr deutlich ihre Meinung zu meinem Angebot gesagt. Was mich für meine Firma geärgert hat, aber meinen Respekt erworben hat.

„Wie wahr, wie wahr," stimmt Theodor mit zur, während wir zur Tür gehen und uns verabschieden.

Kapitel 9

Wie erwartet steht eine sehr große Gruppe von Papparazzi vor dem Look out. Ich habe Mary nicht noch einmal gefragt, ob es okay wäre, wenn Jim und ich kommen. Sie machte gestern nicht den Eindruck, als wäre es ihr unangenehm und so kann ich sie wenigstens noch einmal ansehen.

Wir gehen an der Warteschlange vorbei. Der schleimige Charles bringt uns zu unserem Tisch. Für meinen Geldbeutel ist das Foto von Mary mit ihrem Namen eindeutig nicht das schlechteste. Woher wissen die Leute nur immer sofort so viel über Andere. Immerhin stand in der Zeitung nur ihr Name und kein Arbeitsplatz. Warum wollen die Menschen überhaupt hier sitzen und Mary ansehen? Ist das nicht total bescheuert? Oder hoffen die Menschen, dass ich hier sein werde und wir etwas tun, das sie interessieren könnte? Meinen sie, ich würde ihr hier eine überschwängliche Liebeserklärung machen? Oder gar eine wilde Knutscherei mit ihr beginnen würde?

Mary sieht zum Anbeißen in ihrer Uniform aus. Obwohl sie viel Stress hat und sich zwischen Tischen und Gästen hindurchwinden muss, bemerkt sie mich sofort. Ich hoffe, ein kleines Lächeln in ihrem Gesicht zu sehen, kann es aber nicht genau erkennen.

Wie bestellt, ist unser Tisch in einer ruhigen Ecke, so dass wir das ganze Lokal einsehen können. Auch wenn ich Mary nicht auf uns zukommen sehen würde, lässt das Verstummen jeglicher Gespräche im Lokal darauf schließen, dass alle gespannt sind, was jetzt passiert.

Mist, darüber habe ich mir noch gar keine Gedanken gemacht. Sonst gehe ich jede Situation im Kopf durch, um optimal auf meinen Geschäftspartner vorbereitet zu sein und meinen Vorteil aus der Situation zu ziehen, aber erstens ist Mary kein Geschäftspartner und zweitens habe ich mich einfach nur darauf gefreut, sie zu sehen. Hätte sie überhaupt mit mir geredet, wenn ich angerufen hätte? Ist es ihr recht, dass wir hier sind?

Zu meiner großen Erleichterung springt Jim gleich auf und umarmt Mary stürmisch. Wenn ich Jim nicht so lange kennen würde, wäre ich eifersüchtig. Jims Zuneigung zu Mary ist eher wie die eines Vaters zu seiner Tochter. Jim ist so ein herzensguter Mensch und versucht jedem zu helfen, dafür schließt er aber auch fast jeden sofort in sein Herz. Ich muss schmunzeln dabei. Immerhin war ich nicht so einfach ins Herz zu schließen, als Jim und ich uns kennengelernt haben.

Ich muss lachen, als Jim Mary in Ruhe betrachtet und ihr sagt, dass ihr das Bild in der Zeitung nicht gerecht wird. Auch auf seine alten Tage ist Jim noch ein richtiger Charmeur.

Ob Jim hier extra eine Show abzieht für die anderen Gäste? Jim hatte schon immer ein todsicheres Gespür für Situationen und Menschen. Er setzt sich erst wieder, als die Gespräche im Raum wieder aufgenommen werden und die anderen Gäste uns keine Beachtung mehr schenken.

Mary fragt, was wir trinken wollen und ich versuche die Situation einzuschätzen, indem ich ein Bier bestelle und ihr zuzwinkere. Mary huscht ein klitzekleines Lächeln über die Lippen und ich bin mir sicher, dass es nicht schlimm ist, dass wir hier sind. Ich entspanne mich. Auch wenn ich keine Antwort von ihr habe und sie nicht in den Arm nehmen kann, kann ich sie sehen und sie ist nicht komplett abgeneigt.

„Also?" fragt Jim, „hast du alles wieder in´s Lot gebracht?"

„Das hoffe ich," gebe ich ehrlich zu. Jim hebt fragend die Augenbrauen.

„Ich habe mich entschuldigt und warte jetzt darauf, ob sie mir verzeiht," erkläre ich und frage mich, wie Jim es immer wieder schafft, mich über Dinge reden zu lassen, die ich eigentlich für mich behalten möchte.

„Hast du dich denn vernünftig entschuldigt?" fragt Jim und klingt eher wie mein Vater als ein Freund.

„Ja Jim, das habe ich," antworte ich und merke selber, wie ich dabei mit den Augen rolle.

Mary kommt zurück und bringt uns unser Bier. Keiner der Gäste reagiert mehr darauf, dass sie zu uns kommt. Wir scheinen schon die langweilige Geschichte von gestern zu sein.

„Also," sagt Mary, „wisst ihr schon, auf was ihr Appetit habt?"

Ohne, dass mein Hirn mich aufhalten kann, greife ich nach ihrer Hand und drücke sie. Genau darauf hätte ich jetzt Appetit, auf einen Kuss von Mary. Vielleicht auch auf mehr von ihr.

Jim bemerkt als einziger meine Geste, tut jedoch so, als würde er es nicht merken. Marys Wangen nehmen ein zartes Rosa an und ich ziehe meine Hand zurück. Immerhin möchte ich nicht, dass die Gäste doch wieder anfangen zu tuscheln. Mary muss hier noch den ganzen Abend arbeiten und das muss nicht schwerer sein als sowieso schon.

Wir bestellen unser Essen und schon ist Mary wieder weg. Immerhin kann ich einen schönen Blick auf ihren knackigen Arsch werfen.

„Du magst sie," stellt Jim fest. Ich kann in seinem Ton nichts erkennen, was auf eine Wertung dieser Aussage hindeutet.

„Ja," gebe ich zu. Es tut gut, es Jemandem zu sagen. Eigentlich ist

Carl mein bester Freund, aber für ernsthafte Dinge hat Carl nicht viel übrig. Für das Thema Mary ist er auch definitiv der falsche Ansprechpartner.

„Sie dich auch," stellt Jim in genauso neutralem Ton fest.

„Das hoffe ich," gebe ich kleinlaut zurück. Ich hoffe es wirklich und ich hoffe, sie wird mir verzeihen.

„Junge," sagt Jim und legt seine Hand auf meine, „glaub einem alten Mann. Ich sehe so etwas." Schmunzelnd lehnt er sich wieder zurück.

„Aber," fährt er dann mit erhobenem Zeigefinger fort, „ich mag sie auch und wenn du irgendetwas tust, was ihr weh tut, werde ich dich übers Knie legen."

Ich muss lachen über den Ernst in seiner Stimme.

„Ryan," widerholt er, „das ist mein Ernst. Sei lieb zu dem Mädchen. Sie verdient es."

Wie aufs Stichwort erscheint Mary mit unserem Essen. Sie wünscht uns guten Appetit und ist genauso schnell wieder verschwunden, wie sie aufgetaucht ist. Es stimmt mich etwas traurig, aber die Gästeanzahl im Look out lässt es nun einmal nicht zu, dass sie sich Zeit nimmt.

„Gibt es etwas Neues wegen des Anschlags auf der Gala," fragt Jim während er den ersten Bissen zum Mund führt?"

„Sie haben einen Mann in Untersuchungshaft. Es wurde eine Phiole gefunden mit Giftrückständen des Gifts, das man bei Mary gefunden hat."

Eine Eiseskälte legt sich um mein Herz als ich daran denke, wie Mary in meinen Armen das Bewusstsein verloren hat. Das darf nie wieder passieren. Diese schrecklichen

Augenblicke bis sicher war, dass sie es überlebt.

„Auf der Phiole waren seine Fingerabdrücke und er hat am Abend der Gala für das Catering gearbeitet. Rick ist dran und versucht mehr Informationen zu erhalten."

Mein Telefon klingelt.

„Wenn man vom Teufel spricht," sage ich.

„Geh ran," fordert Jim mich auf

Ich finde es unhöflich, wenn man sich zum Essen trifft und dann die ganze Zeit telefoniert, aber dieses Mal ist es wichtig.

„Sir," höre ich die Stimme von Rick, „der Schweinehund wurde bezahlt, dafür, dass er ihnen das Gift in ihr Sektglas gekippt hat."

„Bezahlt?" frage ich aufgeregt, „von wem? Und warum ist das bisher nicht aufgefallen"

„Das Geld wurde an die Mutter seiner Freundin überwiesen. Soweit haben wir nicht ermittelt, weil wir seine Freundin noch nicht kannten. Sie wohnt nicht bei ihm. Auf jeden Fall kam das Geld von den Cayman Islands. Der Kerl selber wurde via Internet angeheuert und hat nie mit Jemanden persönlich gesprochen. Er hat auch keine weiteren Fragen gestellt.

Wir haben eine Spur, aber es wird noch etwas dauern. Das Geld wurde mehrfach weiter überwiesen, um die Spuren ganz zu verschleiern. Bis morgen früh sollten wir ein Ergebnis haben."

„Danke. Melden Sie sich sofort, wenn sie etwas wissen."

Ich erzähle Jim die Neuigkeiten. Er wirkt beunruhigt.

„Das heißt, derjenige, der dir etwas antun will, läuft noch immer frei herum," bringt er es schließlich auf den Punkt.

„Ja," sage ich und werfe einen besorgten Blick in Marys Richtung. Ich muss mich von ihr fernhalten. Nur so kann ich sie in Sicherheit bringen.

„Du kannst nichts dafür," versucht Jim mich zu beruhigen.

Doch es ist meine Schuld. Ohne mich wäre sie gar nicht auf dieser verdammten Gala gewesen. Wer könnte sich einen ausgetüftelten Plan entwerfen? Meine Konkurrenten sind nicht dumm, aber um so etwas auszuhecken, muss man wirklich einiges auf dem Kasten haben. Allein die Verschleierungstechnik der Bankbewegungen, verlangt Einiges an Wissen ab. Die Verschleierung der Kontaktaufnahme verlangt Einiges an technischen Know How. Das hat keiner meiner Konkurrenten. Aber einer seiner Angestellten könnte das haben.

Welcher Angestellte hat aber so ein falsches Verständnis von Loyalität, dass er so eine Straftat begehen würde. Oder geht es wieder nur um das liebe Geld? Wenn aber der Drahtzieher dieser ganzen Angelegenheit für alle Tätigkeiten Handlanger hat, muss er über ein großes Vermögen verfügen, um sich so etwas leisten zu können ohne dass es auffällt.

Das Geld könnten sicher einige Menschen haben, aber welcher von ihnen könnte mich derart hassen, dass er so einen Aufwand betreibt? Und wer von ihnen würde wirklich so weit gehen und mich töten?

„Na gut, dann erzähl mir jetzt, was es sonst so Neues in der Welt des großen Ryan Black gibt," wechselt Jim das Thema.

Wir plaudern bis es spät ist und wir langsam unseren Abend beenden wollen. Auch wenn wir beobachtet werden, ziehe ich Mary kurz in meine Arme. Ich sauge ihren Duft in mich auf, der trotz der Rennerei an diesem Abend noch immer unverfälscht nach Mary duftet. Ich drücke ihr ein Küsschen auf die Wange und sage ihr, dass James sie nachher hinfährt, wo immer sie hinmöchte. Vielleicht überlegt sie es sich ja und kommt zu mir. Auch wenn mein Verstand sagt, dass das nicht passieren wird, gibt es in meinem Herzen einen kleinen Schimmer Hoffnung.

Kapitel 10

James schreibt mir, dass er sich mit Mary auf dem Weg zu mir befindet. Mein Herz macht einen Sprung. Sie kommt zu mir. Tatsächlich kommt sie zu mir. Sie hat mir vergeben, oder? Diese kleine Stimme in meinem Inneren verunsichert mich. Kommt sie nur um mir zu sagen, dass ich mich zum Teufel scheren soll?

Sicherlich nicht, dann würde sie nicht mitten in der Nacht, müde von der Arbeit, zu mir kommen, sondern das am Telefon erledigen oder ausgeschlafen an einem anderen Tag.

Wie soll ich Mary empfangen? Soll ich mich umziehen? Soll ich Sue wecken, weil Mary noch Hunger hat? Ob sie duschen will?

Es klopft an meine Bürotür.

„Ja," sage ich.

James steckt seinen Kopf zur Tür herein. „Wir sind da, Sir. Brauchen sie noch etwas?"

„Nein, James. Gute Nacht."

„Gute Nacht, Sir."

Sie ist da. Sie ist hier. Hier in meiner Wohnung. Aber wo? Hätte ich das James fragen sollen? Bestimmt im Wohnzimmer. Vor lauter Vorfreude stecke ich mir ein Kondom in die Hosentasche. Auch wenn ich nicht glaube, dass ich heute Nacht mit Mary Sex haben werde, schadet es doch nicht, vorbereitet zu sein.

So schnell ich kann, mache ich mich auf den Weg in mein Wohnzimmer. Sie steht vor dem großen Fenster und schaut hinaus auf die Lichter der Stadt. Obwohl ich die Wohnung schon lange habe, genieße auch ich immer wieder diesen fantastischen Ausblick, doch heute ist Mary einfach der schönere Anblick. Ich stelle mich direkt hinter sie. Mary ist so fasziniert von der Aussicht, dass sie mich nicht bemerkt.

„Wunderschöne Aussicht," sage ich zweideutig und bin auf ihre Reaktion gespannt.

„Ja, das ist sie," sagt Mary.

Eigentlich war es klar, dass sie den Kommentar nur auf New York bezieht und nicht auf sich. Sie dreht sich zu mir um und hebt den Kopf, so dass ich geradewegs in ihre wunderschönen Augen sehen kann. Sofort regt sich meine Libido. Wieso löst Mary das immer sofort bei mir aus? Sie steht angezogen vor mir und ich sehe ihr einfach nur in die Augen.

„Ich habe nicht von den Fenstern geredet," sage ich. „Ich bin froh, dass du da bist," flüstere ich weiter. Die Worte verlassen einfach meinen Mund ohne dass mein Hirn sie mir vorher zum Nachdenken gibt.

„Ich auch," sagt Mary und kuschelt sich in meine Arme.

Ich schlinge meine Arme um sie und bin einfach glücklich. Die kleine Stimme in meinem Inneren meldet sich erneut und sagt, dass das keine eindeutige Antwort von Mary war. Um die Stimme aus meinem Hirn zu verbannen, drehe ich Mary herum, so dass sie weiter die Aussieht genießen kann. Ich lege meine Arme fest um sie und lege meinen Kopf auf ihrer Schulter ab. So sollte es immer sein.

Kapitel 11

Mary schließt die Augen. Sie muss unheimlich müde sein.

„Wollen wir schlafen gehen?" flüstere ich ihr ins Ohr.

Mary murmelt nur ein `mh´, welches wie eine Zustimmung klingt. Also nehme ich Mary an die Hand und gehe mit ihr in mein Schlafzimmer.

„Möchtest du noch duschen oder gleich ins Bett?" frage ich sie und mir ist beides recht. Ich würde mich auch sofort mit ihr in mein Bett kuscheln, kann aber auch verstehen, dass sie sich den Schmutz des Tages abspülen möchte. Auch ihren Muskeln wird es guttun, noch einmal von warmem Wasser massiert zu werden.

„Duschen," sagt Mary.

Ich öffne die Tür zum Bad und Mary bleibt abrupt stehen. Hat sie Angst, dass ich unbedingt mitgehen möchte? Mir wäre nichts lieber als das, aber

Mary ist gerade erst bei mir. Ich werde sie nicht bedrängen. Um meine Nerven zu beruhigen, hole ich Mary ein paar Handtücher. Als ich mich zu Mary umdrehe, sehe ich, wie sie mit großen Augen das Badezimmer mustert. Ihre Reaktion hatte also nichts mit mir zu tun, sondern mit meinem Badezimmer.

„Brauchst du noch etwas?" frage ich Mary.

„Eine Zahnbürste, wenn ich nicht deine benutzen soll," sagt Mary und wirft mich aus der Bahn. Was will sie mir mit dieser Aussage denn sagen? Möchte sie meine Zahnbürste benutzen? Heißt das, dass sie eine Beziehung mit mir will? Oder meint sie, sie braucht die Zahnbürste nur einmal?

„Und was zum Anziehen," reißt sie mich aus meinen Gedanken.

Wie auf Autopilot gestellt gehe ich zu dem Schrank, in dem Sue alle Hygieneartikel verstaut. Da ich viel auf Reisen bin, habe ich immer mehrere Zahnbürsten im Schrank. Nicht immer schaffe ich es, meine Taschen in Ruhe aus und umzupacken.

„Hellblau? Dunkelblau? Schwarz?" frage ich Mary.

Sofort spüre ich, dass sie die Frage falsch versteht. Mary legt jedes meiner Worte auf die Goldwaage.

„Bevor du auf falsche Gedanken kommst," sage ich daher, „ich nehme Frauen nie mit nach Hause. Die Zahnbürsten habe ich, falls ich selber eine brauche für hier oder für eine meiner Reisen."

Auch dieses Mal wirft Marys Kommentar mich aus der Bahn.

Frech sagt sie: „Du wartest, dass die Frauen zu dir kommen."

„Keine kennt den Code zu meiner Wohnung," gebe ich zurück.

„Ich auch nicht," sagt Mary und ich weiß nicht, ob das heißt, dass sie ihn gerne wüsste oder lediglich eine neue Aussage war, um mich aus der Reserve zu locken.

Ich gebe ihr die Möglichkeit, den Code zu erfahren und sage ihr noch einmal, dass keine Frauen zu mir kommen. Noch nie wollte ich eine Frau in meiner Wohnung haben. Na gut, Sue und meine Mutter, aber das ist etwas Anderes.

„So, nun ab unter die Dusche, damit ich dich bald in meinem Bett habe," sage ich. „Wenn du noch etwas brauchst, ruf mich einfach, ok?"

Auch wenn ich davon ausgehe, dass ich die erste Nacht mit einer Frau ohne Sex verbringen werde, freue ich mich darauf, dass Mary in mein Bett kommt. Selbst mit Sarah habe ich nie eine Nacht ohne Sex verbracht, erinnere ich mich.

„Ok," gibt sie zurück.

Mary wollte noch etwas zum Anziehen haben. Ich biete ihr eines meiner T-Shirts an. Etwas anders habe ich gar nicht, was sie anziehen könnte. Es scheint ihr nichts auszumachen.

„Wie geht die Dusche an?" fragt Mary mich.

Erst verstehe ich ihre Frage nicht, doch dann dämmert es mir. Mary wird in ihrer Wohnung eine normale Dusche haben mit einem Hebel, den man zum Anschalten zu sich zieht und jeweils nach links oder rechts dreht für warm oder kalt. Ich habe hingegen eine Dusche mit verschiedenen Funktionen. Ich erkläre ihr alles und verlasse dann das Bad. Wie gerne würde ich bleiben. Aber ich ermahne mich erneut, dass ich Mary nicht gleich überfordern darf.

Ich höre das Rauschen des Wassers und versuche, mir nicht Mary unter der Dusche vorzustellen. Sie ist direkt nebenan. Ich setze mich auf mein Bett und versuche angestrengt, einen anderen Gedanken zu finden.

„Ryan," ertönt Marys Stimme, die durch das Wasser weiter weg klingt, als sie tatsächlich ist.

„Ja," antworte ich. Als eine Ewigkeit keine Antwort kommt, frage ich: „Mary?"

Scheiße, sie antwortet noch immer nicht. Ich gehe in mein Badezimmer und öffne vorsichtig die Tür zur Dusche.

„Mary, was ist denn los?"

Was stimmt nicht? Geht es ihr nicht gut? Sie steht, also so schlimm kann es nicht sein. Mary versucht sich das fließende Wasser aus den Augen zu wischen.

„Ich sollte doch rufen, wenn ich etwas brauche," sagt sie und ihre Stimme klingt lange nicht mehr so unschuldig wie noch vor wenigen Minuten. Was ist hier los?

„Nun," fährt Mary mit sehr leiser Stimme fort, „es gibt da etwas, dass ich brauche."

Ohne ein weiteres Wort und ohne, dass ich weiß, wie mir geschieht, schiebt Mary ihre Hand in den Bund meiner Hose. Mary überrascht mich wirklich jedes Mal. Ich dachte, sie wäre müde und wir würden uns in meinem Bett zusammenkuscheln und einschlafen. Aber die ach so liebe schüchterne Mary hat ganz andere Vorstellung von der Nacht.

„So ist das also," necke ich sie, „Ich werde nur auf meinen Schwanz reduziert."

Doch Mary lässt sich nicht verunsichern.

„Naja, du kannst mir gerne zeigen, wofür der Rest zu gebrauchen ist," fordert sie mich heraus.

Ich gehe auf Mary zu und stehe mit ihr unter der Dusche. Meine Kleidung ist eh schon durchnässt. Um Mary zu zeigen, dass sie mir wichtig ist und um mich selber zu beruhigen, frage ich sie noch einmal, ob es wirklich das ist, was sie will.

Ihr gehauchtes ´Ja´ reicht, um meine Beherrschung fast völlig zu verlieren. Ich ziehe mir schnell mein durchnässtes Shirt über den Kopf. Mary zeichnet mit ihren zarten Händen meine Muskeln nach. Jede Berührung erfüllt meinen Körper mit wohligen Schauern. Mary nimmt ihre Hand aus meiner Hose, um meine Brust zu berühren. Es erlaubt mir, mich auf ihre Berührungen zu konzentrieren und zu genießen.

Als Mary beginnt, meine Brustmuskeln zu küssen, muss ich mich zusammenreißen. Ich möchte jeden Kuss von ihr bekommen und genießen. Abrupt hört Mary auf.

Ich nehme ihre Hände und küsse ihre Fingerknöchel. Schnell packe ich sie und drehe sie herum. So kann ich an ihrem Hals knabbern und sie kann mich nicht berühren und damit meine Konzentration auf sie und ihre Lust beeinträchtigen.

„Wenn du mich auch nur noch einmal berührst, kann ich für nichts garantieren," erkläre ich ihr. Ich nehme ihren Arm und beginne ihn halbabwärts zu küssen. Sie verdient es, dass ich sie verwöhne, dass ich ihr zeige, dass es hier heute nur um sie geht. Das sage ich ihr auch. Doch wie immer hat Mary etwas Anderes im Kopf.

„Dafür haben wir morgen noch Zeit," sage sie und meine Erektion zuckt vor Vorfreude.

„Mary," will ich sie darauf hinweisen, dass es nicht immer so sein muss. Sex kann lange und hingebungsvoll sein. Sie soll nichts tun, nur um mir einen Gefallen zu tun. Ich will sie glücklich machen.

Doch Mary verschließt meinen Mund mit ihrem. Ihre Zunge beginnt mit meiner zu spielen und ich kann einfach nicht mehr. Sie bringt mich um den Verstand.

„Scheiß drauf," sage ich, während ich meine Hose nach unten schiebe. Während ich mir das Kondom über meine ansehnliche Erektion rolle, merke ich Marys Blick auf mir ruhen. Es macht mich etwas nervös und ich muss mich konzentrieren.

Als ich fertig bin, steht sie vor mir und schaut noch immer auf mein bestes Stück. Ich schiebe meine Hände in ihre Haare und ziehe ihren Kopf zurück, um ihr in die Augen zu sehen. Ich muss mich noch einmal vergewissern, dass es genau das ist, was sie will.

Mary schlingt ihre Arme fest um meinen Nacken. Sie küsst mich so voller Leidenschaft, dass es einfach zu viel für mich ist. Ich packe ihren knackigen Arsch mit beiden Händen. Sobald ich sie nur etwas anhebe, schließt sie ihre Beine um mich. Ihre warme nackte Haut spüre ich trotz Wasser. Wie weich sie sich anfühlt.

Ganz vorsichtig gleite ich in sie. Ich muss sie gegen die Wand stützen, weil meine Beine drohen zu versagen. Dieses Gefühl ist noch genauso unfassbar wie beim ersten Mal. Noch immer schließt sie sich unheimlich eng um mich. So langsam es mir in meiner Erregung möglich ist, dringe ich in sie ein. Achte auf die Reaktionen ihres Körpers, um ihr keine Schmerzen zu zufügen. Ich höre mich selbst ihren Namen stöhnen, ohne es selber wahrzunehmen. Ich muss ihr einfach sagen, wie unglaublich sie ist. Ich habe noch nie so etwas gefühlt wie mit ihr.

Unser Kuss verrät mir, dass ich mich in ihr bewegen kann. Sie entspannt sich mit jedem Stoß etwas mehr, so dass ich das Tempo erhöhen kann, bis ihr Atem so stoßweise geht, dass sie mich nicht mehr küssen kann. Ich sehe in ihre wunderschönen Augen, die vor Erregung geweitet und verschleiert sind und steigere meinen Rhythmus noch etwas.

Ich spüre, wie sich der Orgasmus in ihr aufbaut. Mary greift in meine Haare. Sofort fängt meine Kopfhaut an zu prickeln. Als der Orgasmus sie überrollt, zerrt sie an meinen

Haaren und zieht meinen Kopf zurück. Sie schließt die Augen und gibt sich ganz dem Gefühl hin. Ihre Muschi umschließt meinen harten Schwanz fest. Das ist zu viel für mich. Ich packe Mary Arsch fester, dringe noch einmal in sie ein und ergieße mich in ihr. Ich lehne mich meinen Kopf an ihre Brust, während mich die Nachbeben meines Orgasmus noch erschüttern.

Als ich wieder sicher stehe, setze ich mich mit Mary auf den Boden der Dusche. Ich will noch nicht aus ihr heraus, traue aber meinen Beinen nicht. Das Wasser prasselt weiter auf uns nieder. Langsam kommt Mary zu sich.

Kapitel 12

Ich kann nicht aufhören, sie anzusehen. Endlich liegt sie in meinem Armen. Noch einmal kneife ich mich, nur um festzustellen, dass es Wirklichkeit ist. Sie ist hier. Endlich kann ich mich entspannen. Sie ist bei mir und in Sicherheit. Mein Atem beruhigt sich langsam. Ich höre ihren Atem, der immer ruhiger wird, bis sie schließlich eingeschlafen ist.

Noch immer streichle ich zärtlich über ihren Rücken. Sie liegt in meinem Arm eingekuschelt an mich. Wir gerne würde ich sie ansehen und sie beim Schlafen beobachten. So kann ich aber ihre Wärme spüren.

Mary murmelt im Schlaf, aber ich kann sie nicht verstehen. Ich konzentriere mich, aber ich kann es nicht verstehen. Ob sie von mir träumt? Sie kuschelt sich noch etwas dichter an mich.

Ich höre den Ton einer Nachricht, die auf meinem Handy ankommt. Ich möchte nicht nachsehen, aber um die Uhrzeit kann es nur Rick sein. Es könnte wichtig sein. Ohne Mary loszulassen erreiche ich mein Handy auf dem Nachttisch.

Es ist eine Nachricht von Rick:

Wir haben die Zahlungen zu einer Firma von Erwin Smiles zurückverfolgt. Unsere Rückverfolgung haben wir an die Polizei weitergegeben. Ein Haftbefehl wird sicher erlassen werden.

Smiles. Wieso tut der so etwas? Er war selbst auch auf der Gala. Er hätte es auch selber tun können, aber dazu fehlte ihm sicher der Mut. Es ist etwas anders, jemanden zu bezahlen, einen Menschen zu töten, als es selbst zu tun.

Aber warum will Smiles mich töten? Nur weil er keinen Termin bei mir bekommt? Das klingt für mich sehr übertrieben. Ich habe mich sogar noch auf der Gala mit ihm unterhalten. Gut, ich habe mir seine Idee nicht richtig angehört, aber das ist doch kein Grund jemanden zu töten.

Ich schreibe Rick zurück:

Ich habe mich auf der Gala noch mit ihm unterhalten. Smiles wollte mir eine Schnapsidee verkaufen und ich habe ihm nicht richtig zugehört, aber er wirkt nicht auf mich, wie jemand, der einen Killer anheuert.

Es ergibt einfach keinen Sinn. Mein Gefühl sagt mir, dass da mehr dahinterstecken muss. Smiles ist auch keine besondere Leuchte. Seine Firma erzielt zwar Gewinne, ist jedoch ein eher kleiner Fisch auf dem Markt. Ich habe noch nie besonderes Interesse für seine Firma gehabt. Seine Leute sind alle eher durchschnittlich. Sie bauen Transportschiffe. Nichts besonders Anspruchsvolles, aber gut genug, um davon leben zu können. Er gehört zur unteren Kategorie der High Society. Es liegt in der Natur dieser Menschen zur oberen Klasse gehören zu wollen und zu jeder Party eingeladen werden zu wollen. Ich habe zwar kein Verständnis dafür, weil solche Partys langweilig sind und sich alle verstellen, aber so sind die Menschen anscheinend.

Rick schreibt zurück:

Wir glauben nicht, dass Smiles die technischen Möglichkeiten hat, um so eine Sache durchzuziehen. Wir suchen weiter nach dem Drahtzieher.

Ich versuche mich zu erinnern, was Smiles mir in letzter Zeit an Ideen verkaufen wollte, doch es fällt mir keine so recht ein. Eigentlich habe ich ein gutes Gedächtnis, aber die Ideen von Smiles waren bisher immer absoluter Schwachsinn. Nein, Smiles hatte auf keinen Fall die geistigen Möglichkeiten, das durchzuziehen. Irgendjemand muss ihn entweder reingelegt haben oder geholfen haben.

Eine neue Nachricht von Rick zeigt mir die Schlagzeile der New York Times von morgen bzw. von nachher. Woher wissen die immer sofort nach mir, was los ist? Habe ich ein Leck in meiner Firma? Das kann ich mir eigentlich nicht vorstellen. Wahrscheinlicher ist, dass es einer bei der Polizei ist, der die Informationen an die Zeitungen verkauft.

Neuigkeiten im Fall Galagiftanschlag

Eine erneute Verhaftung zeigt Fortschritte im Fall der vergiftet jungen Frau auf der Wohltätigkeitsgala. Mary Rice war als Begleitung des begehrten Junggesellen Ryan Black auf der Gala und ist einem heimtückischen Giftanschlag zum Opfer gefallen. Zwar soll Miss Rice vollständig genesen sein, auch ein Täter ist gefasst worden, doch soll es einen Geldgeber für diesen Anschlag gegeben haben. Mister Erwin Smiles, Inhaber der Firma Smiles and son, wurde in der vergangenen Nacht verhaftet.

Wer steckt nur hinter alle dem? Ich lege mein Handy zurück auf den Nachtisch und ziehe Mary noch einmal an mich.

Kapitel 13

Sie steht vor dem Waschbecken und putzt sich die Zähne mit meiner Zahnbürste. Ich schüttle belustigt den Kopf. Auf die Idee wäre ich nun sicher nicht gekommen. Zu meiner Freude trägt sie eines meiner weißen Shirts, dass ich in den begehbaren Kleiderschrank geworfen habe.

„Hast du gerne meine Sachen im Mund," frage ich sie und sie verschluckt sich fast. Auch wenn sie sich schnell den Mund ausspült sehe ich das kleine Grinsen auf ihren Lippen.

Mit jeder Minute, die sie allein mit mir verbringt, wirkt sie lockerer, was dieses Thema angeht. Ich stelle mich hinter sie und lege die Arme um sie. Obwohl sie gerade erst aus meinem Bett gekrabbelt ist, riecht sie himmlisch. Ich drücke ihr einen Kuss in die Halsbeuge und sie erschauert in meinen Armen. Wie kann eine Frau nur so sexy sein ohne es zu wollen?

„Das werden wir heute sicher noch herausfinden," sagt sie und reibt ihren Arsch an meinem Schritt. Sofort schießt mir das Blut in den Schwanz und vor meinem inneren Auge erscheint ein Bild, wie sie vor mir kniet, meinen Schwanz in ihrem Mund und von unten zu mir heraufschaut. Diese Frau bringt mich noch um den Verstand.

Ich drehe Sie herum und hebe sie auf die Ablage neben dem Waschbecken. Diesen Vorteil der Ablage habe ich noch gar nicht bemerkt. Ich drück ihre Beine auseinander und schiebe mich zwischen ihre Beine. Ich drücke meinen Schwanz an ihre empfindlichste Stelle. Meine Hände graben sich in ihre Oberschenkel. Ich muss mich beherrschen. Ich kann sie nicht so einfach hier und jetzt nehmen, auch wenn ich mir nichts sehnlicher wünsche. Mein Schwanz schmerzt vor Erregung, aber ich weiß, dass sie unerfahren ist. Ich darf sie nicht überfordern.

„Tu das nicht," sagt sie und ich rücke sofort etwas von ihr ab. Dabei steht in ihren Augen dieselbe Begierde wie in meinen. Sie öffnet die unteren Knöpfe meines Hemdes, das sie trägt und ich sehe, dass sie nichts drunter trägt. Sie lehnt sich etwas zurück und ich kann sehen, wie feucht sie schon ist. Sie schlingt ihre Beine um meine Hüfte und ich weiß nicht, wie ich damit umgehen soll. Hat sie nicht gerade gesagt, ich soll es nicht tun?

Wäre sie nur eine der anderen Frauen, die ich sonst gevögelt habe, wäre ich schon in ihr und würde sie hart und schnell nehmen, aber sie ist nicht wie andere Frauen. Das war mir eigentlich schon im ersten Moment klar, aber ich konnte es nicht zugeben, nicht einmal vor mir selbst.

„Halt dich nicht zurück," flüstert sie und ihre Stimme ist belegt vor Erregung.

„Was?" frage ich sie. Ich bin irritiert und versuche, mich zu konzentrieren, aber wie soll das gehen bei diesem Anblick und ihrer nackten Haut an meiner? Sie zieht mich noch dichter an sich heran und ich spüre ihre Nässe durch meine Jogginghose.

„Mary," stöhne ich und lege meine Stirn an ihre. Meine Hände krallen sich weiter in ihre Oberschenkel, dabei möchte ich ihr nicht weh tun. Aber ich muss mich zusammenreißen.

„Nimm mich, hier und jetzt, so wie du es willst," flüstert sie direkt an meinen Lippen. Ich sehe sie an. Ist das ihr Ernst? Will sie das wirklich?

„Bitte," flüstert sie und da gibt es kein Halten mehr für mich. Ich schiebe meine Hose nach unten und befreie meine Erektion, die meiner

Ansicht nach noch nie so groß war. Streife schnell ein Kondom über, das ich zum Glück in jeder Hosentasche habe, positioniere mich vor ihr und halte noch einmal inne.

„Wenn ich erst einmal in dir bin, kann ich für nichts garantieren," warne ich sie ein letztes Mal. Ich bin mir nicht sicher, ob ich mich dann in irgendeiner Form kontrollieren kann. Sie bringt mich so schon total durcheinander. Statt einer Antwort drückt sie ihre Fersen fest in meinen Hintern, so dass ich automatisch weiter an sie heran und in sie hinein gleite.

„Heilige Scheiße," stöhne ich und halte inne. Dieses Gefühl ist unbeschreiblich, dabei weiß ich eigentlich, wie gut sie sich anfühlt, doch jedes Mal wieder bin ich überrascht. So muss sich der Himmel anfühlen. In diesen Momenten vergesse ich alles um mich herum und wünsche mir, die Zeit würde stehen bleiben.

„Mehr," flüstert mir Mary ins Ohr und beginnt an meinem Hals zu knabbern. Ich darf nicht die Kontrolle verlieren. Sie beißt leicht zu.

„Scheiß drauf," murmle ich, packe ihren Arsch und beginne schnell und heftig immer wieder in sie hineinzustoßen. Vor und zurück, vor und zurück. Ihre Muschi schließt sich fest um meinen Schwanz. Sie vergräbt ihre kleinen zarten Hände in meinen Haaren und greift zu. Aus meiner Kehle kommt ein unverständliches Grunzen. Immer wieder stoße ich zu, halte sie fest, verliere mich komplett in ihr. Als sich ihre Zähne in meine Schulter graben, kann ich mich nicht mehr zurückhalte. Ich ergieße mich in ihr. Halte sie in meinen zitternden Armen und spüre erst jetzt, dass sie ebenfalls zittert.

„Ist es immer so?" fragt sie mit zitternder Stimme.

Scheiße. Ich war zu grob zu ihr.

„Nein, es tut mir leid," es tut mir so schrecklich leid. Ich wollte ihr nie weh tun. Ich habe vergessen auf sie zu achten. Wie konnte mir das passieren? Das darf nicht noch einmal passieren.

Sie hebt mein Gesicht an und lehnt ihre Stirn an meine.

„Ob es immer so atemberaubend ist, meinte ich," flüstert sie.

„Mit dir ja," sage ich und meine es ernst. Noch nie war Sex so atemberaubend. Das Wort ist eigentlich noch zu schwach, für das, was ich empfinde, wenn ich mit ihr schlafen kann. Ich hebe sie hoch und trage Sie zurück ins Bett. Ich gestehe ihr, dass ich mich in sie verliebe.

Kapitel 14

„Mister Black," höre ich Sue auf der anderen Seite meiner Schlafzimmertür.

Sofort bin ich hellwach. Mary liegt in meinem Arm und wir müssen nach unserem Abenteuer im Badezimmer noch einmal eingeschlafen sein. Sue würde mich nie wecken.

„Ja, ich bin sofort da," rufe ich zurück.

Ich küsse Mary auf die Nasenspitze und ziehe vorsichtig meinen Arm unter Mary heraus, damit sie nicht aufwacht. Sie murmelt etwas, dass ich wieder nicht verstehen kann, schläft aber weiter. Ich schlüpfe in meine Schlafanzughose und öffne leise die Tür.

„Mister Black," sagt Sue, „entschuldigen Sie bitte die Störung, aber die Polizei ist hier."

„Alles in Ordnung, Sue," flüstere ich. Mir entgeht Sues verwunderter Blick nicht. Dabei ist es schon eine seltsame Situation, weil die Sonne schon lange aufgegangen ist und ich noch im Bett liege.

„Bringen Sie die Beamten doch bitte ins Wohnzimmer. Ich ziehe mich nur an und komme dann."

„Sehr wohl Sir," sagt Sue und will sich auf den Weg machen.

„Und Sue," halte ich Sie zurück, „ob Sie vielleicht ein paar nette Kleidungsstücke in Gr. 36 besorgen könnten?"

Ein kleines Lächeln umspielt ihre Lippen und mir fällt auf, dass ich sie noch nie habe Lächeln sehen.

„Sehr gerne. Ich lasse etwas von Macys kommen. Eine bestimmte Farbe?"

„Blautöne wären perfekt."

Sue nickt und verschwindet. Ich schlüpfe zurück in mein Schlafzimmer, wo Mary noch immer in meinem Bett schläft. Wie gerne würde ich mich zu ihr legen. Mich einfach noch ein bisschen an sie kuscheln. Die Wärme ihres Körpers spüren. Ich reiße mich von ihrem Anblick los und gehe in meinen Kleiderschrank. Schnell und leise schlüpfe ich in bequeme Sachen und verschwinde so leise es geht aus dem Schlafzimmer.

Was möchte die Polizei jetzt wieder?

Sobald ich das Wohnzimmer betrete, erheben sich die beiden Beamten.

„Mister Black," sagt der Ältere von Beiden, „entschuldigen Sie, dass wir Sie so überfallen, aber wie Sie sicher schon gehört haben, haben wir einen weiteren Tatverdächtigen im Zusammenhang mit dem Giftanschlag auf Miss Rice festgenommen."

„Ja, bzw. ich wusste, dass Sie Mister Smiles festnehmen wollten."

„So ist es. Mein Kollege Mister Pepper und ich sind nun hier, um das Verhältnis von Ihnen und Mister Smiles zu untersuchen."

„Untersuchen?" frage ich.

„Naja," sagt nun Mister Pepper, „wir wollen herausfinden, wie Ihr Verhältnis ist und warum Mister Smiles so etwas tun sollte."

„Das habe ich mich auch schon gefragt," gebe ich zu. „Wir haben keine geschäftliche Beziehung zu einander. Er hat mir hin und wieder versucht eine Idee zu verkaufen, doch waren die für mich und meine Firma nie interessant."

„Pflegen Sie sonst Kontakte zu ihm?" fragt mich der erste Beamte, der sich mir gar nicht vorgestellt hat.

„Wir sehen uns hin und wieder zu gesellschaftlichen Anlässen, wie bei der Gala. Sonst pflege ich keinen Kontakt zu ihm."

„Wissen Sie, mit wem Mister Smiles Geschäfte macht?" fragt Pepper mich weiter.

„Im Detail nicht. Ich habe in meinen Unterlagen Informationen über

Zuliefererfirmen. Wenn Sie wollen, kann ich diese gerne an Sie weiterleiten."

„Warum habe sie diese Liste?" fragt Pepper weiter und es klingt wie eine Anklage.

„Ich habe mich über die Firma von Mister Smiles informiert, als er mir die erste Idee unterbreitet hat. Ich weiß gerne, mit wem ich es zu tun habe. Es war aber keine Idee, die lukrativ erschien und die Firma von Mister Smiles war auch nicht von Interesse für mich."

„Das heißt, sie wollten die Firma nicht übernehmen?"

„Nein. Ich habe Mister Smiles nichts getan, außer ihn und seine Ideen nicht ernst zu nehmen. Ein Fehler, wie sich jetzt zeigt," sage ich bitter.

„Fällt Ihnen jemand ein, der Mister Smiles finanziell unterstützten könnte?"

„Nein, kein Mensch mit Verstand würde in so eine kleine, unbedeutende Firma Geld stecken, um Gewinn zu machen. Die Firma schreibt maximal eine kleine schwarze Zahl. Mit Transportschiffen kann man nicht wirklich reich werden."

„Verstehe," sagt der erste Beamte, „vielen Dank für Ihre Zeit."

„Wenn ich helfen kann, immer gerne."

Beide geben mir die Hand und ich bin froh, als sie weg sind. Bisher hat die Polizei also auch nichts Neues. Wieso dauert das alles so lange?

„Mister Black," unterbricht Rick meine Gedanken.

„Ja?" frage ich.

„Wir haben vielleicht eine Spur."

„Wirklich?"

„Ja, allerdings würde ich das gerne erst einmal unter Verschluss halten."

„Warum?" frage ich überrascht.

„Wir glauben, es geht nicht nur um Sie."

„Wie bitte?" frage ich überrascht.

„Nun, wir haben die Zahlung zu Theodor Smith zurückverfolgt."

„Wie bitte?" rufe ich überrascht. Theodor würde so etwas nie tun. Wir arbeiten schon so lange immer wieder zusammen. Wir sind zwar keine guten Freunde, aber ich schätze ihn sehr und bin davon ausgegangen, dass das auf Gegenseitigkeit beruht.

„Es kommt noch schlimmer," sagt Rick. Ich halte den Atem an und versuche mich zu wappnen für das, was da kommt.

„Wir haben entdeckt, dass die Firma von Mister Smith nicht beteiligt war, sondern durch einen raffinierten Trick so in die Geldtransfers eingewoben wurde, sodass es so aussehen sollte, als sei er beteiligt."

„Okay," sage ich langsam und weiß noch nicht, worauf er hinauswill.

„Nun, Mister Smith ist nicht der Einzige. Wir sind jetzt bei Jim gelandet."

Mir wird schwarz vor Augen und ich muss mich konzentrieren, um nicht das Bewusstsein zu verlieren. In meiner Trance höre ich, wie Rick weiterredet.

„Auch wenn wir wissen, dass es keiner der Beiden gewesen sein kann, würden beide in den Medien zerrissen. Sie wissen, wie schlimm so etwas sein kann."

Ich öffne die Augen. Ja, das weiß ich. Die Hetzjagd bei Sarahs Verschwinden war schlimm, aber bei Theodor würde seine ganze Familie darunter leiden und Jim würde sich mit seinem kleinen Studio sicher nie davon erholen.

„Ja," sage ich und höre selber, dass meine Stimme nicht so fest ist wie sonst.

„Sir, wir werden weiter graben."

„Danke," sage ich und Rick versteht das als Entlassung.

Ich lasse mich auf mein Sofa fallen. Was zum Teufel ist hier nur los?

Stimmen aus der Küche lassen mich in die Gegenwart zurückkehren. Mary. Wie konnte ich sie vergessen, wo sie seit Wochen meine Gedanken beherrscht.

Ich sammle meine Kraft und gehe in die Kühe. Mary lehnt an der Arbeitsplatte mit dem Rücken zu mir. Sie ist barfuß und trägt ein blassblaues Kleid, dass bis zu ihren Knien reicht. Sue muss es besorgt haben. Das Kleid steht ihr von hinten auf jeden Fall sehr gut.

Es riecht nach Pancakes und Kaffee. Sue und Mary sind so vertieft in ihr Gespräch, dass mich keiner wahrnimmt. Ich schleiche hinter Mary und schließe sie von hinten in die

Arme. Ich drücke ihr einen Kuss auf den Nacken.

„Mh, hier das riecht köstlich," sage ich und hoffe, dass Mary meine Zweideutigkeit versteht.

Mary kichert und ich sehe, wie sich auf ihrem Nacken eine Gänsehaut bildet.

„Mister Black, die Pancakes sind gleich fertig. Dann lasse ich Sie und Miss Rice allein."

„Sue, Sie sind ein Goldstück," sage ich ihr.

„Ich habe mir Pancakes gewünscht," sagt Mary und dreht sich zu mir um. „Ich hoffe, das war ok?"

„Du darfst dir hier alles wünschen," sage ich zu ihr.

Nachdenklich zieht sie die linke Augenbraue hoch und sieht zum Anbeißen aus. Ich höre, wie Sue ganz leise zwei Teller auf den Tresen stellt und sich aus dem Zimmer schleicht.

„Ich komme darauf zurück," sagt sie schließlich.

„Sehr gerne," sage ich und gebe ihr einen Kuss auf die Stirn. „Aber nun wird gegessen, bevor es kalt wird."

Kapitel 15

Dieser Tag will einfach kein Ende finden. Immer wieder wandern meine Gedanken zu Mary zurück. Wie fantastisch sie heute morgen aussah, als sie einfach in meiner Küche stand und auf die Pancakes gewartet hat. Ich hätte sie gerne jeden morgen bei mir. Egal ob in meinem Bett oder meiner Küche, Hauptsache, sie ist bei mir.

Eine unendliche Besprechung reiht sich an die Nächste. Rick hat auch noch immer nichts Neues für mich bezüglich der Gelder, die angeblich von Jim und Theodor angewiesen worden sein sollen. Es ist zum Verrücktwerden. Wer steckt nur dahinter und warum will die Person nicht nur mein Leben beenden, sondern auch die Existenz von Jim und Theodor ruinieren. Was haben wir drei ein- und derselben Person so Schlimmes angetan, dass sie uns derart vernichten will?

Meine Forschungsabteilung schickt einen Bericht über die Analyse des Plans von Theodor bezüglich der Entwicklung von den Laufbändern bzw. der neuen Technik. Es sieht soweit alles gut aus und könnte im Zeit- und Finanzplan machbar sein. Ich gebe meiner Forschungsabteilung grünes Licht zum Starten und sende eine E-Mail an Theodor, dass auch seine Abteilung mit der Forschung und Entwicklung loslegen kann. Je schneller wir das Projekt starten, desto schneller können wir es abschließen und Mary wird zu einer wohlhabenden Frau.

Ich weiß, dass Mary sich nichts aus Reichtum macht, aber es wäre sicher für sie eine Entlastung, wenn sie etwas Geld zur Verfügung hätte und nicht auf zwei Jobs angewiesen ist. Zumal sie nur Geld verdient, wenn sie auch wirklich arbeiten gehen kann. Ich bin schuld daran, dass sie Einbußen hat. Nur wegen mir war sie auf dieser Gala und danach im Krankenhaus. Die

Krankenhausrechnung habe ich bezahlt und Mary hat es geschehen lassen. Vermutlich aber nur, weil sie nicht in der Lage war, sich dagegen zu wehren. Einen Ausgleich für die Verluste, weil sie keine Sportstunden geben konnte und auch nicht im Look out arbeiten konnte, wollte sie aber nicht annehmen.

Mary ist stur wie ein Esel, was ihre Unabhängigkeit angeht. Ich bewundere ihre Einstellung. Wer würde freiwillig arbeiten gehen und auf geschenktes Geld verzichten? Immerhin wäre es das gewesen. Ich wollte ihr das Geld geben ohne eine Gegenleistung. Gut, es wäre gewesen, um mein schlechtes Gewissen zu beruhigen. Denn das habe ich und werde es wohl immer haben, aber von ihr hätte ich keine Gegenleistung erwartet.

Ich freue mich, dass ich Mary auf diese Art und Wiese unterstützen kann. Sie würde ja nie direkt Geld von mir annehmen, das hat sie mir deutlich gezeigt. Aber wenn ich ihr

Projekt schnell marktreif entwickelt bekomme, kann ich sie indirekt unterstützen und vielleicht hat sie dann etwas mehr Freizeit. Freie Zeit, die sie mit mir verbringen kann.

Okay, der Gedanke ist egoistisch, aber ich denke, dass auch sie gerne Zeit mit mir verbringt. Sie arbeitet zu viel und das ja nicht, weil es Spaß macht, sondern weil sie ihre Miete bezahlen muss. New York ist teuer. Ich erwarte nicht, dass Mary aufhört zu arbeiten, dafür ist sie meiner Meinung nach nicht der Mensch, aber sie muss nicht mehr so viel arbeiten. Das wird ihr sicher gefallen.

Und wer weiß, vielleicht zieht sie eines Tages bei mir ein, dann muss sie keine Miete mehr bezahlen. Ich würde ihr die schönsten Kleider und den schönsten Schmuck kaufen. Sie wird sich zunächst weigern, die Dinge zu tragen, aber wenn sie in ihrem Schrank hängen, wird sie sich irgendwann überwinden, davon bin ich fest überzeugt.

Wie schön wäre es, wenn ich jeden Morgen neben ihr aufwachen könnte. Schon bevor ich richtig wach bin, könnte ich ihren Duft wahrnehmen. Sie wäre das Erste, was ich am Morgen sehe und das Letzte, bevor ich einschlafe. Sie wäre nicht nur mein erster und letzter Gedanke des Tages, sondern es wäre auch ihr wunderschöner Anblick.

Ryan, reiß dich zusammen, du benimmst dich wie ein dummer Teenie, du hast noch genug Arbeit. Also konzentriere dich.

Kapitel 16

Unsicher stehe ich vor der Tür von dem Haus, in dem sich die Wohnung von Mary befindet. Hätte ich wirklich herkommen sollen? Immerhin hat sie geschrieben, sie wünschte, ich wäre bei ihr. Okay, ihre Nachricht hatte den ein oder anderen Rechtschreibfehler, also gehe ich davon aus, dass sie betrunken ist, aber wie heißt es so schön: Betrunkene und kleine Kinder sagen immer die Wahrheit.

Bevor ich es mir anders überlegen kann, klingle ich. Der Summer ertönt und ich renne, immer zwei Stufen auf einmal nehmend, nach oben zu ihrer Wohnung. Wann war ich das letzte Mal so nervös und so voller Vorfreude. Wie wird sie reagieren?

Sie öffnet die Tür und ich kann sie nur anstarren. Ich bleibe wie angewurzelt stehen. Sie trägt eines von Black industries Shirts. Es muss eins von meinen sein. Wo hat sie das her?

Obwohl das Shirt ihr viel zu groß ist und leicht von der rechten Schulter rutscht, kann man erkennen, wie unglaublich attraktiv sie ist. Sie wirkt in dem Shirt unglaublich sexy. Dass Mary sich dessen nicht einmal bewusst ist, macht sie nur noch attraktiver.

Ich kann mich nicht bewegen. Ich möchte dieses Bild in meinem Gehirn abspeichern, um mich immer daran erinnern zu können. Noch nie habe ich eine Frau gesehen, die so unglaublich schön ist.

Wir starren einander wortlos an. Nichts an ihrer Miene verrät, wie sie über meine Anwesenheit denkt. Immerhin hat sie mir die Tür geöffnet, was schon mal ein gutes Zeichen ist, oder?

Mary legt den Kopf schief und auf ihrem Gesicht breitet sich ein Lächeln aus. Kann sie noch hübscher sein? Noch attraktiver? Aber das habe ich auch eben schon gedacht. Mary schafft es immer wieder, mich zu überraschen.

Ich muss sie haben, jetzt und hier. Ich überwinde die letzten Meter, ohne mir dessen wirklich bewusst zu sein und küsse sie. Ich verschließe ihre Lippen mit meinen, lasse meine Zunge in ihren Mund gleiten und schmecke den Alkohol. Mein Gefühl vorhin hat mich nicht getäuscht. Sie hat getrunken, jetzt ist nur die Frage, wie betrunken ist sie.

Unter Aufbietung all meiner Kräfte ziehe ich mich zurück. Mary zieht einen Schmollmund. Oh man, sie ist so sexy. Aber ich werde keinen Sex mit ihr haben, wenn sie betrunken ist. Nach allem, was bisher passiert ist, muss ich ihr noch beweisen, dass ich sie nicht ausnutzen werde.

„Mary, was hast du heute Abend gemacht?" frage ich einerseits aus Neugier, andererseits um zu sehen, ob sie mir antworten kann.

„Neugierig oder eiferfrüchtig?" nuschelt sie.

„Eiferfrüchtig?" lache ich und versuche nicht zu laut zu lachen.

Kim müsste da sein und muss sicher morgen früh raus zur Arbeit, da möchte ich sie nicht wecken. Mary ist also ziemlich betrunken. Gut, das heißt ja nicht, dass wir nicht die Nacht zusammen verbringen können. Ich genieße ihre bloße Anwesenheit und wer weiß, was der Morgen bringt.

„Ja, eiferfrüchtig," wiederholt Mary und macht sich auf den Weg zu ihrem Zimmer.

„Das kommt ja darauf an, was du heute gemacht hast," sage ich, während ich ihr in ihr Zimmer folge.

„Ich war aus," stellt Mary klar und klingt richtig stolz auf sich.

Ich muss schmunzeln. Selbst betrunken versucht sie noch, mich zu ärgern und es gefällt mir.

„Und mit wem warst du aus?"

„Mit einem Mann," nuschelt sie und ich werde hellhörig.

Kurz setzt mein Herz einen Schlag aus. Sie war mit einem Mann aus und hat sich betrunken. Was ist da passiert? Zu Marys Leidwesen unterstützt ihr Gesicht ihren Versuch, mich eifersüchtig zu machen, nicht. Ihre Mundwinkel zucken.

„So, so, sage ich. Du warst alleine mit einem Mann aus und hast dich betrunken?"

Sie legt ihren Zeigefinger an die Lippen und tippt dagegen, während sie überlegt, was sie als Nächstes sagt. Ich sehe ihr an, dass sie mich nicht anlügen will, aber mich weiter ärgern will.

„Osche, du hast gewonnen. Ich war mit Charley und Steve aus."

Ich amüsiere mich über ihren Mangel an klarer Ausspreche und mein Herz beruhigt sich. Steve steht definitiv nicht auf Frauen und Charley auch nicht. Auch wenn ich nicht glaube, dass es mit ihr und Mike geklappt hat, steht sie doch auf Männer. Ich brauche mir also keine Sorgen zu machen. Zumindest nicht, was potentielle Sexpartner angeht, aber über den Alkoholkonsum mache ich mir doch etwas doch Sorgen.

Ich lege mich angezogen auf Marys Bett und bedeute ihr, sich in meinen Arm zu kuscheln. Wenn ich mehr als meine Schuhe ausziehe und ihre nackte Haut an meiner spüre, werde ich womöglich doch noch weich oder in diesem Falle eher hart.

„Und was habt ihr Schönes gemacht?" frage ich nun doch neugierig.

„Getrunken und über Männer hergezogen," sagt sie und kuschelt ihren Kopf auf meine Brust.

Ihre Finger zeichnen kleine Kreise auf meinem Bauch.

„Über Männer hergezogen? Über bestimmte Männer oder Männer im Allgemeinen?"

Nun bin ich erst recht neugierig. Was hat Mary über mich gesagt? Und was denkt sie wirklich über mich. Noch immer haben wir nicht weiter über die letzte Nacht gesprochen. Vielleicht bekomme ich so ein paar Antworten auf die vielen Fragen, die Mary immer wieder in mir hervorruft. Nicht alle kleinen Stimmen kann ich allein zum Verstummen bringen und häufig tauchen sie irgendwann wieder auf, wenn ich keine Antworten erhalte.

„Männer, die Muttersöhnchen sind," sagt Mary.

„Hältst du mich etwa für ein Muttersöhnchen?"

Mary rutscht etwas von mir ab und dreht sich so auf die Seite, dass sie mein Gesicht sehen kann. Da sie nicht sofort antwortet, drehe ich mich auch auf die Seite, um ihr in ihr wunderschönes Gesicht zu sehen. Mary gibt sich alle Mühe, doch ihre Mundwinkel zucken.

„Nein," gibt sie schließlich nach.

„Also habt ihr nicht über mich gesprochen?" frage ich.

„Du meinst wohl, es dreht sich immer alles nur um dich."

Autsch, das saß. Natürlich würde ich mich freuen, wenn Mary genauso oft an mich denken würde, wie ich an sie denke, aber ich bin nicht der Nabel der Welt.

„Na gut," fährt sie fort, „wir haben auch über dich geredet. Du bist ganz schön eingebildet."

Damit hat sie Recht. Aber warum auch nicht, ich habe eine gut laufende Firma, die sich damit beschäftigt, die Welt besser zu machen, mehr Geld einnimmt als ich je ausgeben könnte und dabei noch viele gemeinnütze Stiftungen unterstützen kann.

„Aber bei dem Gesicht laufen dir die Frauen ja auch Scharenweise nach," fährt Mary fort und streichelt sanft über meine Wange. „Diese süßen Grübchen, machen dich nur noch attraktiver. Aber diese kleinen Sorgenfalten um deine Augen machen mir Sorgen."

„Du machst dir Sorgen um mich?" frage ich überrascht.

Warum sollte sie sich Sorgen um mich machen? Ich habe den besten Personenschutz, den man sich wünschen kann und ausgebildet in vielen Nahkampftechniken. Sie ist es, die in Gefahr schwebte und das nur meinetwegen.

Zärtlich streicht Mary mit dem Daumen über meine Lippen. Ich küsse ihre Finger. Ihre zarten kleinen Finger. Sie lässt ihre Hand über meine Wange zu meinem Ohr gleiten. Mary streicht zärtlich mit ihren Fingern durch meine Haare.

Ich beuge mich vor und küsse sie. Zärtlich umschließe ich mit meinen Lippen die ihren. Langsam gleitet meine Zunge in ihren Mund. Ohne Hektik erkunde ich ihren Mund. Sie erwidert meine Zärtlichkeit.

Mary rutscht dichter an mich heran. Mein Arm umschließt sie. Mary krault meinen Nacken und umschlingt mich mit einem Bein. Ich streichle über ihren Po und ihr Bein und danke Gott, dass Mary unter dem Shirt Unterwäsche trägt. Andernfalls hätte ich für Nichts garantieren können.

Ihre nackte Haut ist warm und weich und fühlt sich herrlich an, doch sie ist betrunken, daher werde ich keinen Sex mit ihr haben. Ich muss es mir immer wieder sagen. Auch, wenn Sex mit Mary unglaublich ist, wäre es doch ein kurzer Spaß verglichen damit, dass Mary mir sicher nie vertrauen würde, wenn ich die Situation ausnutzen würde.

Ich genieße unsere Küsse. Immer wieder necken wir uns, spielen miteinander. Stundenlang liegen wir einfach nur da und knutschen wie ein paar Teenager herum. Ich hätte es mir nie vorstellen können, aber diese Stunden machen mich zu einem sehr glücklichen Mann. Wie kann man etwas so sehr genießen, was nichts mit Sex zu tun hat?

Kapitel 16

Es riecht nach Kaffee und die Sonne schafft es mit vereinzelten Strahlen durch die Vorhänge. Mary liegt nicht mehr neben mir. Sie wird Kaffee kochen. Wie es ihr wohl heute Morgen geht. Ich für meinen Teil habe schon sehr lange nicht mehr so gut geschlafen.

Ich strecke mich ausgiebig, bevor ich mich auf die Suche nach Mary mache. Sie steht in der Küche und die Kaffeemaschine ist an. Meine Vermutung war also richtig.

Mary liest etwas in einer Zeitung, die auf dem Tresen liegt.

„Guten Morgen, meine Schöne," sage ich.

Obwohl sie einen Kater haben muss und gerade aus dem Bett gekommen ist, sieht sie hinreißend aus. Ihre Haare zerwühlt und das Gesicht zeigt noch leichte Zeichen des Kopfkissens.

Zu meiner großen Überraschung, brüllt Mary mich gleich an: „Wie kannst du so etwas tun?"

„Wie kann ich was tun?" frage ich zurück, denn ich bin mir keiner Schuld bewusst.

Ich war letzte Nacht doch ein Gentleman. Gut, ich habe sie geküsst, aber mehr ist nicht passiert. Das rechtfertigt doch nun keinen solchen Aufstand, oder? Erst jetzt fällt mir auf, dass Mary auf die Zeitung vor ihr deutet.

„Wie kannst du Jim und Theodor so etwas antun?" versucht sie es weiter.

Ich frage erneut, was sie meint. Auf die Entfernung kann ich nicht sehen, was in der Zeitung steht, aber ich traue mich auch nicht näher an Mary heran. Ich habe keine Ahnung, was hier vor sich geht.

Mary will mich hinauswerfen, doch ich weiß noch immer nicht worum es geht. Da sie es mir nicht erklären will, greife ich nach der Zeitung. Ich bemerke, dass sie vor mir zurückschreckt und versuche die eisige Kälte, die sich in meinem Inneren ausbreitet zu verdrängen.

Ich lese so schnell ich kann den Artikel, um zu begreifen, was in Mary gefahren ist. Schon die Schlagzeile ist wie ein Schlag in mein Gesicht.

Nach einer Meldung von Ryan Black folgten nun weitere Verhaftungen im Fall des Giftanschlages bei der vergangenen Gala.

Zahlungen, die an den bereits inhaftierten Kellner gezahlt wurden, konnten zu beiden Verdächtigen zurückverfolgt werden. Jim Parson ist ein langjähriger Freund von Ryan Black und einer der Arbeitgeber von der verletzten Mary Rice. Theodor Smith ist ein langjähriger Geschäftspartner von Ryan Black. Bisherige Nachforschungen haben gute Verhältnisse der Beiden zu Ryan Black bestätigt. Was für Hintergründe diese Männer dazu getrieben haben, einen Mann zu bezahlen, damit er Ryan Black vergiftet, sind noch nicht bekannt. Vielleicht war Miss Rice doch das tatsächliche Opfer.

Wer hat der Polizei und vor allem der Presse derartige Informationen gegeben? Wir haben das Geld zu den Beiden verfolgt, das ist richtig, aber das sollte unter Verschluss sein. Für Rick würde ich jederzeit meine Hand in´s Feuer legen. Was wird hier gespielt.

„Mary, ich habe die Beiden nicht angezeigt," versuche ich ihr zu erklären.

Doch Mary will mir nicht zuhören. Sie sagt nur immer wieder, dass es dort steht, schwarz auf weiß. Ich kann es ihr nicht erklären, weil sie mir nicht zuhört und weil ich selber nicht weiß, was hier eigentlich gespielt wird.

„Mary, ich werde gehen, wenn es dein Wunsch ist, aber ich schwöre dir, ich habe sie nicht angezeigt. Ich wollte nicht, dass etwas nach außen dringt, bis wir wissen, wer wirklich dahintersteckt. So ein Artikel kann eine Firma ruinieren. Dass würde ich meinen Freunden nie antun wollen."

Marys Körperhaltung zeigt mir, dass ich gehen soll. Mary will oder kann es momentan nicht glauben. Ich gehe davon aus, dass ihr Kater ihr das Denken gerade erschwert. Sie kann mir doch nicht wirklich zutrauen, dass ich so etwas tue.

Sobald die Tür hinter mir in das Schloss gefallen ist, rufe ich Rick an.

„Was zum Teufel ist da los?" frage ich.

„Sir, wir sind am Ball. Wir haben es auch erst mit der Morgenausgabe zu wissen bekommen. Ich kann Ihnen nur sagen, dass es keiner von unseren Leuten war. Wir saßen hier alle bis kurz vor der Ausgabe zusammen. Gerade als ich alle nach Hause schicken wollte, kam die Meldung rein."

„Verdammte Scheiße," entfährt es mir.

„Das können Sie wohl laut sagen. Wir sind dran," sagt er und hat schon aufgelegt.

Wir kann ein Tag, der so schön angefangen hat, so schnell so schlecht werden?

Kapitel 17

Immer wieder nehme ich mein Handy zur Hand. Mary meldet sich einfach nicht. Sie müsste sich doch langsam beruhigt haben. Wenn der Kater verschwunden ist, sollte sie klarer sehen und sich melden. Dann wird sie nicht mehr der Meinung sein, dass ich Jim oder Theodor so etwas antun könnte. Natürlich ist es schwer, dass alles zu begreifen, aber so viel gesunden Menschenverstand sollte sie doch haben, oder?

„Sir," reißt mich Clara aus meinen Gedanken, „Rick ist auf Leitung 1."

„Okay, danke," sage ich in die Gegensprechanlage, um dann den Anruf von Rick entgegenzunehmen.

„Sir, wir haben das Leck entdeckt. Die Polizei verfolgt dieselben Spuren wie wir. Sie sind auch auf die Spur des Geldes gekommen und haben kurz nach uns entdeckt, dass die Gelder auch über die Konten von

Jim und Theodor geschleust wurden. Die Polizei war auch der Ansicht, dass das nur eine Zwischenstation war. Nun scheint es aber so zu sein, dass ein eifriger Polizist eine Reporterin beeindrucken wollte und ihr die Geschichte erzählt hat. Da die Reporterin das nicht für wahr hielt, hat er behauptet, dass der Tipp von Ihnen kommt."

„Der ruiniert das Leben von Jim und Theodor, nur um eine Frau zu beeindrucken," brülle ich in den Hörer.

Am Liebsten würde ich Jemanden verprügeln, und zwar genau den Cop, der so einen Schwachsinn verzapft hat. Der Kerl ruiniert Leben, nur weil er eine Frau beeindrucken will. Anscheinend hat er sonst nichts vorzuweisen und wohl auch noch nie etwas davon gehört, dass Frauen einen für das lieben sollen was man ist und nicht das was man hat.

„So scheint es Sir," führt Rick unbeeindruckt fort.

Ich versuche mich zu beruhigen. Rick kann schließlich nichts dafür und meine ungezügelte Wut hilft uns hier auch nicht weiter.

„Was für ein verfluchtes Arschloch," rutscht mir heraus.

„Ja, Sir, in der Tat. Die Polizei hat schon disziplinarische Maßnahmen eingeleitet, genauso wie die New York Times. Wir können sicher noch mehr über die Beiden herausfinden und etwas unternehmen, wenn sie wollen."

„Ich werde zunächst Jim und Theodor anrufen und das mit ihnen besprechen, schließlich geht es hier um ihre Leben und nicht um meins."

„Verstanden Sir. Lassen Sie mich wissen, wie sie sich entschieden haben."

„Rick, danke für Ihre Arbeit."

„Ist mein Job, Sir," sagt er und legt auf.

Ich lehne mich in meinem Stuhl zurück, strecke mich und versuche, mich für das erste schreckliche Telefonat des Tages zu wappnen. Ich wähle Jims Privatnummer und hoffe, dass er überhaupt an sein Telefon geht. Immerhin müsste er sofort sehen, wer ihn anruft.

„Ryan, wie geht es dir?" fragt Jim und wirkt ernsthaft besorgt.

Warum ist Jim um mich besorgt? Es geht hier um ihn und sein Leben. Oder hat er die Zeitung noch gar nicht gelesen?

„Gut, danke. Jim warum ich anrufe, nun ja…" wie soll ich es ihm sagen.

„Ach, du rufst sicher an wegen dem Zeitungsartikel," hilft Jim mir.

Er hat ihn also doch gelesen. Trotzdem macht er weder den Eindruck sauer zu sein noch sonderlich besorgt.

„Ja, Jim. Ich wollte dir sagen, dass ich wirklich nichts damit zu tun habe."

„Das weiß ich doch Junge," fällt Jim mir ins Wort.

„Du weißt doch, die Zeitungen schreiben viel und ganz viel Mist."

„Ja, aber was ist mit deiner Zukunft?" spreche ich meine Sorge aus.

„Ach, da mach dir mal keine Sorgen. Ich habe ein kleines Fitnessstudio und kein Multimilliardendollarunternehmen. Meine Kunden kennen mich und meinen Charakter. Wer wegen so einem Zeitungsartikel wegbleibt, den brauche ich auch nicht bei mir."

Immer wieder bin ich von Jims Einstellung überrascht. Er hat Recht, sein Studio ist klein und man kennt sich untereinander. Natürlich hat er einige neue Kunden durch die unfreiwillige Werbung mit Mary bekommen, aber es ging Jim vorher auch nicht schlecht. Er war nie reich, aber er liebt seine Arbeit und kann davon leben. Er konnte auch immer seine Familie ernähren und hatte keine großen wirtschaftlichen Schwierigkeiten.

„Aber Jim, wenn ich irgendetwas für dich tun kann, dann sagst du es mir doch, oder?"

„Du kannst deinen Arsch mal wieder herbewegen," lacht Jim. „Du warst viel zu lange nicht mehr hier, um den Jungspunden im Ring in den Arsch zu treten."

„Okay, ich werde es in den nächsten Tag versuchen," verspreche ich und bin unendlich erleichtert, dass ich mir ganz umsonst Sorgen gemacht habe.

Der Anruf bei Theodor wird nicht so angenehm sein. Ich bitte Clara, mich mit ihm zu verbinden. Kurz danach sagt Clara mir, dass Theodor gerade nicht zu sprechen ist. Das ist noch nie passiert. Normalerweise ist Theodor für mich immer zu erreichen. Entweder plant er juristische Schritte gegen mich oder sie haben eine Krisenbesprechung. Beides nicht besonders positiv.

Nervös trommle ich mit meinen Fingern auf der Tischplatte herum. Ich versuche Mary anzurufen, doch sie geht nicht an ihr Handy. Irgendeine böse Ahnung breitet sich in mir aus. Mary war sauer auf mich und wollte mir nicht zuhören, aber mittlerweile sollte sie alles durchdacht haben. Wieso nimmt sie meinen Anruf nicht an?

Theodor lässt mir eine Nachricht zu kommen, dass er den ganzen Tag in seinem Labor ist, um an der Entwicklung von Marys Produkt zu arbeiten. Aufgrund diverser Sicherheitsstandards gibt es dort keine Telefone. Ich frage mich zwar, was das für Sicherheitsstandards sein sollen, aber wenn er sauer auf mich wäre, hätte er sich gar nicht zurückgemeldet, sondern meinen Anruf einfach ignoriert.

Ich versuche es noch einmal bei Mary, doch erneut geht sie nicht an ihr Telefon. Ich rufe Kim an und frage, ob sie heute schon mit Mary gesprochen hat. Sie verneint und ich versuche ausweichend zu antworten. Erzähle ihr nur, dass wir uns gestritten haben und ich Mary nicht erreiche, um mich zu entschuldigen. Von meinem unguten Gefühl erzähle ich ihr nicht. Immerhin ist es ja nur ein Gefühl.

Ich schicke Patrick zur Wohnung von Mary. Er soll herausfinden, ob sie dort ist. Das Look out hat noch geschlossen und bei Jim arbeitet sie heute nicht.

Patrick fragt, ob er sich Zugang zur Wohnung verschaffen soll, weil keiner öffnet. Er soll es unauffällig tun. Es ist mir unangenehm und belastet mich, in Marys Privatsphäre einzudringen, aber irgendetwas muss mit ihr passiert sein. Mary ist nicht in der Wohnung und hat auch kein Portemonnaie oder so mitgenommen, berichtet Rick.

Ich rufe die Polizei an, doch die sagt mir, dass sie erst etwas nach 24 Stunden unternehmen können. Ich weise sie darauf hin, dass doch die ersten 48 Stunden bei einer Entführung die Wichtigsten sind, doch sie stellen sich stur.

Ich lasse Rick Marys Hand orten. Patrick ist noch vor Ort und lässt sich von Rick leiten, während ich nervös auf meinen Fingern herumkaue. Das habe ich noch nie gemacht, aber Mary ist in Gefahr, das spüre ich so deutlich, wie ich die Kleidung auf meiner Haut spüre.

Patrick findet Marys Handy in einer Seitengasse unweit von Marys Wohnhaus. Ich wusste, ihr ist etwas passiert. Nie würde sie ihr Handy einfach in einer Seitengasse entsorgen. Zumal es das Solar 1 ist, das sie mir, wenn überhaupt, zurückgeben würde. Zumindest wollte sie das beim letzten Mal. Warum sollte sich daran etwas geändert haben?

Erneut versuche ich, die Polizei zu überzeugen, doch noch immer stellen sie sich stur. Ein weggeworfenes Handy würde nur zeigen, dass Mary jeglichen Kontakt zu mir abbrechen wollte.

Ich versuche, mich zu beruhigen. Die Polizisten haben ihre Vorschriften. Wenn man es nüchtern betrachtet, könnte ich auch der Exfreund sein, der seine Exfreundin bestalken möchte und die Polizei benutzen möchte, um ihren momentanen Aufenthaltsort herauszufinden. Im Normalfall wäre das eine der leichtesten Aufgaben für mich.

Rick sitzt schon daran, alle möglichen Kanäle anzuzapfen, um nähere Informationen zu erhalten. Auch die Verkehrskameras haben meine Leute angezapft. Als sie einen Lieferwagen entdecken, der vor der

Gasse steht und dessen Kennzeichen nach Überprüfung ergeben, dass sie gestohlen sind, ist für mich bereits alles klar. Mary wurde entführt. Doch auch dies reicht der Polizei nicht, um mir Glauben zu schenken.

Mit einer Armbewegung fege ich alles von meinem Schreibtisch. Es ist frustrierend. Ich kann nichts tun für Mary. Was wollen die Leute von ihr? Haben sie sie verletzt? Was haben sie ihr angetan?

Clara steht in der Tür mit einem Brief: „Der wurde gerade von einem Boten abgeben."

Es ist ein brauner Umschlag ohne jegliche Beschriftung. So schnell ich kann, öffne ich ihn. Zum Vorschein kommt ein Schreiben mit der Maschine geschrieben. Die ersten Zeilen lassen mir das Blut in den Anders gefrieren.

Mist Black,

wir haben Ihre Freundin in unserer Gewalt.

„Clara, der Sicherheitsdienst soll den Boten aufhalten und Rick soll sofort in mein Büro kommen."

„Jawohl, Sir," sagt Clara und rennt zurück zu ihrem Schreibtisch.

Ich glaube, ich habe Sie noch nie rennen sehen. Aber auch sie hat mittlerweile mitbekommen, um was es hier geht. Mit zitternden Händen halte ich den Brief und lese weiter:

Wenn Sie tun, was wir Ihnen sagen, wird Ihr nichts geschehen.

Sie werden in einer Stunde eine Pressekonferenz abhalten, in der Sie Ihre Vorwürfe gegen Theodor Smith und Jim Parson wiederholen.

Sie werden einräumen, dass Sie Sarah Mitchel getötet haben und Mister Parson Sie deswegen umbringen wollte, weil Sarah Mitchel wie eine Tochter für ihn war.

Weiter werden Sie bekannt geben, dass Theodor Smith der leibliche Vater von Sarah Mitchel ist und sich deswegen für ihren Tod an Ihnen rächen wollte.

Sobald Sie dies verkündet haben, werden wir Miss Rice freilassen.

Rick stürzt in mein Büro. Wortlos halte ich ihm den Zettel hin. Es scheint eine Ewigkeit zu dauern, bis er ihn gelesen hat. Er greift zu meinem Telefon und informiert die Polizei über den neuen Sachstand und auf einmal glauben sie uns alles und sind wenige Minuten später in meinem Büro, um eine Fangschaltung zu legen und den Brief zu analysieren. Es kommt mir surreal vor. Eben noch haben sie mich als Spinner abgetan und jetzt geht alles auf einmal ganz schnell und ist der Notfall der Nation.

„Mister Black," richtet der leitende Beamte das Wort an mich.

„Ja."

„Es muss auf jeden Fall so wirken, als würden Sie die Forderungen erfüllen."

Ich nicke abwesend. Wie kann ich Mary finden?

„Das heißt, Sie sollten eine Pressekonferenz einberufen."

Über die Sprechanlage gebe ich dir Anweisung an Clara weiter.

„Rick?"

„Ja, Mister Black?"

„Wurde in der Gasse noch etwas von Mary gefunden?"

„Nein, Sir."

„Hat die Smart Watch, die wir Mary geschickt haben nicht auch einen GPS-Chip?"

„Schon unterwegs," sagt Rick und ist schon losgerannt, bevor ich noch etwas sagen kann.

Die Beamten schauen mich neugierig an.

„Miss Rice trägt eine von uns entwickelte Uhr zum Testen. Da Sie auch ohne Mobiltelefon die Strecken, die man zurücklegt aufzeichnen soll, verfügt sie über einen GPS-Chip. Mit der Modellnummer müssten wir den Orten können."

„Okay," sagt der leitende Beamte. „Ich aktiviere schon einmal ein S.W.A.T-Team, damit die bereit stehen, sobald sie den Standort haben. Aber noch einmal Mister Black, es muss zunächst so aussehen, als würden Sie die Anweisungen befolgen, das heißt, auch wenn wir den Standort haben, müssen Sie mit der Pressekonferenz beginnen, wenn wir Miss Rice bis dahin nicht in Sicherheit wissen."

Ich nicke automatisch noch einmal. Ihr darf einfach nichts passieren. Warum gerät sie wegen mir nur immer in Gefahr? Wer steckt hinter alledem? Und warum zieht er Jim und

Theodor da mit hinein? Was haben die ihm getan? Theodor ist mit Sicherheit nicht Sarahs Vater. Theodor ist einer der wenigen Männer, denen ich so viel Charakterstärke zutraue, die Hose zuzulassen, wenn es unangemessen ist und falls sich aus einer Liebschaft doch ein ungewolltes Kind ergeben sollte, dazu steht.

„Wir haben die Fangschaltung gelegt," informiert mich ein junger Beamter.

Ich gehe zwar nicht davon aus, dass die Entführer anrufen werden, aber sicher ist sicher. Sie haben ihre Forderungen klar formuliert. Es gibt keinen Grund, warum sie anrufen sollten.

Meine liebste Mary. Ich hoffe, es geht dir gut. Wenn ich die Entführer vor der Polizei erwischen sollte, werde ich sie umbringen.

Rick stürzt in mein Büro: „Wir haben sie."

Ich will aus meinem Büro stürzen, doch Rick hält mich zurück.

„Mister Black, Sie müssen die Pressekonferenz geben. Sie müssen in 15 Minuten anfangen. Bis dahin haben wir Miss Rice nicht in Sicherheit gebracht."

Rick drückt dem leitenden Beamten einen Zettel in die Hand. Ich vermute, dass darauf die Adresse steht, wo Mary sich aufhält.

„Ich bleibe hier und überwache die Pressekonferenz. Vielleicht ist Jemand dabei, der in Verbindung zu den Entführern steht. Aber Patrick James, Mister Blacks persönlicher Leibwächter, wird sie begleiten."

Erst jetzt merke ich, dass er gar nicht mit mir spricht, sondern mit dem leitenden Beamten.

„Solange er sich im Hintergrund hält, ist das für uns kein Problem."

Ein Beamter bleibt an dem Apparat zurück, der für die Fangschaltung ist, alle anderen verlassen mein Büro. Eine erdrückende Stille breitet sich aus.

„Mister Black, meine Leute überprüfen bereits alle Reporter, die sich zur Pressekonferenz angemeldet haben. Wir sollten uns langsam auf den Weg nach unten machen."

Ich nicke und folge Rick aus meinem Büro. Noch nie haben wir den Raum im Erdgeschoss für das genutzt, für das er mal gebaut wurde: für eine Pressekonferenz. Ich halte nicht viel von solchen Dingen. Wir halten zwar Produktpräsentationen hier ab, aber mehr Trubel brauche ich nicht. Vor allem keinen Trubel um meine Person.

Was tue ich, wenn sie Mary nicht gefunden haben, bis ich anfangen muss? Kann ich Jim und Theodor das antun? Verstehen würden Sie es sicher, wenn sie von dem Umständen erfahren, unter denen ich die Pressekonferenz abhalten musste, aber wie würde es sich auf das Leben von Theodor auswirken? Jim scheint bei der ganzen Geschichte um seine Person entspannt zu sein, aber Theodor. Gerade wenn es das Gerücht gäbe, er hätte ein uneheliches Kind, das er auch noch vor der Welt verschwiegen hätte.

Theodor gilt in der Welt der Schönen und Reichen als ein sehr zuverlässiger Mann mit unumstößlichem Charakter. Ein Mann mit Prinzipien und Ehre. Einer der wenigen Menschen, über den die Klatschpresse nichts zu berichten hat, weil es nicht zu berichten gibt. Theodor liebt seine Frau und hat ihr nie Anlass gegeben, an seiner Treue, Liebe und Aufrichtigkeit zu zweifeln. Und was ist mit seinen Kindern? Würde es nicht auch für sie eine Zumutung sein?

Ich sehe auf die Uhr. Nur noch wenige Minuten bis ich vor die Kameras und Mikrophone treten muss. Die Zeit verstreicht wie in Zeitlupe. Wobei, eigentlich rennt die Zeit bis zur Pressekonferenz, aber die Zeit bis zu Marys Rettung scheint in Zeitlupe zu vergehen.

„Mist Black, Sie müssen jetzt anfangen," sagt Rick zu mir. „Ich bleibe hier und sobald ich etwas von Patrick höre, werde ich es Ihnen signalisieren."

Ich nicke und bewege mich so aufrecht es geht zum Pult. Sofort blitzen die Kameras auf und ich muss mich konzentrieren, den Weg zum Pult, ohne stolpern zu absolvieren. Ich kann an nichts Anderes denken als an meine kleine, süße, unschuldige Mary. Wo ist sie nur und wer hat sie?

Langsam wird es ruhig im Raum und alles wartet darauf, dass ich mit meiner Ansprache beginne. Ich werfe einen letzten Blick zu Rick. Er reckt den Daumen in die Höhe und lächelt. Hat Rick schon jemals gelächelt? Er zeigt auf sein Telefon. Ich ziehe meins aus der

Tasche und lege es auf die Ablage von dem Pult. Sofort leuchtet das Display auf: WIR HABEN SIE!

Mehr muss ich nicht wissen. Sie haben Mary. Ich könnte die ganze Welt vor Glück umarmen. Ich muss diese Pressekonferenz so schnell ich kann beenden. Ich will zu Mary. Ich muss sie sehen, muss wissen, wie es ihr geht. Aber wo schon einmal alle da sind, kann ich die Geschichte mit Jim und Theodor klarstellen. Dann ist dieser Zirkus jedenfalls nicht umsonst.

„Sehr geehrte Damen und Herren, ich danke Ihnen, dass Sie alle gekommen sind. Ich weiß, dass es kurzfristig ist und danke Ihnen, dass Sie es alle einrichten konnten.

Wie Sie alle wissen, wurde vor einiger Zeit ein Giftanschlag auf mich und meine Begleiterin Miss Rice bei einer Wohltätigkeitsgala verübt. Die Ermittlungen dauern noch an, daher kann ich Ihnen nicht mehr darüber sagen. Was ich aber unbedingt klarstellen möchte ist, dass meine guten Freunde Jim Parson und Theodor Smith nichts mit diesem unsäglichen Vorfall zu tun hatten.

Wer auch immer für diese Falschmeldung verantwortlich ist, wird rechtliche Konsequenzen befürchten müssen, die ich bereits eingeleitet habe. Es scheint derzeit so zu sein, dass Jemand versucht, Jim Parson und Theodor Smith in der öffentlichen Meinung zu diskreditieren und mit sinnlosen Ermittlungsverfahren zu belasten.

Dies gilt auch für unsere Polizeibeamten. Die mit derartigen Verdächtigungen in ihrer sehr wichtigen Arbeit behindert werden. Ich danke der New Yorker Polizei für ihre unermüdliche Arbeit.

Ich für meinen Teil spreche Jim Parson und Theodor Smith von jeglichem Verdacht an einem Anschlag gegenüber meiner Person oder der von Miss Rice frei.

Vielen Dank für Ihre Aufmerksamkeit."

Ohne auf Fragen der Reporter zu reagieren, gehe ich von der Bühne. Ich muss mich beherrschen, nicht zu rennen. Das würde nur für neue Schlagzeilen sorgen.

„Wo ist sie?" frage ich Rick.

„Im Krankenhaus. Ich fahre Sie. Patrick ist bei ihr."

Im Krankenhaus. Gott steh mir bei. Bitte lass ihr nichts Schlimmes geschehen sein.

Kapitel 18

Mir ist schlecht als ich den langen Krankenhausflur entlanggehe. Rick wusste noch nicht viel, außer dass Mary das Bewusstsein verloren hat und Verletzungen erlitten hat. Die Ärzte meinen aber, sie wird keine bleibenden Schäden zurückbehalten. Ein Mensch sollte nur zu seiner Geburt in einem Krankenhaus sein. Wegen mir ist Mary in kürzester Zeit schon das zweite Mal in diesem Krankenhaus.

Schon wieder muss ich mit ansehen, wie sie in einem dieser weißen Krankenhausbetten liegt. Ihre Augen sind geschlossen, sie ist an einen Tropf und Sauerstoff angeschlossen. Patrick wacht an ihrem Bett. Sein weißes Hemd und seine Anzugjacke sind blutgetränkt.

„Es geht ihr relativ gut," sagt er als ich eintrete mit gedämpfter Stimme.

„Relativ?"

„Sie hat sich wohl den Knöchel verstaucht. Das wissen die Ärzte aber nicht genau, weil sie das Bewusstsein noch nicht wiedererlangt hat. Sie zuckt aber vor Schmerz zusammen, wenn er bewegt wird.

Die Ärzte sagen, sie ist noch bewusstlos, weil sie viel durchgemacht hat und viel Blut verloren hat."

„Was haben die Schweine ihr angetan?"

Ich balle die Hände zu Fäusten. Ich möchte irgendetwas kaputt machen.

„Nichts. Also naja, sie haben sie wohl gewaltsam überwältigt. Weil sie sich gewehrt haben muss, hat sie ein paar Prellungen, die aber nicht so wild sind.

Miss Rice konnte aber nicht auf ihre Rettung warten, also hat sie sich durch ein Fenster gezwängt. Die Polizei weiß noch nicht, ob es schon kaputt war oder ob Miss Rice es aus dem Rahmen gedrückt hat. Als sie sich hindurchgezwängt hat, hat sie sich am Arm geschnitten. Die Polizei hat Blut am Fenster und dann über den Hof gefunden. Sie ist über einen Bretterzaun geklettert, der über 2 Meter hoch ist. Die Ärzte vermuten, dass der Knöchel beim Herunterspringen Schaden genommen hat.

Auf der anderen Seite vom Zaun hat sie mich dann gesehen. Sie konnte mich noch rufen, bevor sie das Bewusstsein verloren hat. Ich konnte sie noch fangen."

„Sie ist einfach unglaublich," kann ich nur bewundernd feststellen.

„Das können Sie laut sagen," rutscht es Patrick heraus.

Ich muss schmunzeln. Normalerweise unterhalten wir uns so nicht. Vor Allem nicht über meine Freundin. Sofern Mary das nach dem heutigen Theater überhaupt noch sein will.

Mary ändert nicht nur mein Leben, sondern scheint das Leben von allen Menschen zu ändern, in deren Leben sie tritt.

„Patrick, gehen Sie nach Hause. Sie haben mehr geleistet, als ich je hätte erwarten können. Sie müssen duschen und sich umziehen," sage ich zu ihm. Ich möchte nicht, dass Mary einen Schreck bekommt, wenn sie aufwacht.

„Sir, ich würde gerne warten, bis sie wach ist," sagt Patrick.

Ich höre aus seiner Stimme heraus, dass es ihm unangenehm ist, diese Bitte zu äußern. Ich höre aber auch heraus, dass er sich Sorgen um Mary macht. Das kann ich verstehen, immerhin habe ich ihn schon öfter damit beauftragt, auf Mary aufzupassen. Es ist also kein Wunder, dass er sich für sie verantwortlich fühlt.

„Ich bin wach," höre die die leise süße Stimme von Mary.

„Mary," brülle ich fast das Zimmer zusammen. Mir fällt eine Last von den Schultern und ein Felsbrocken vom Herzen. Sie ist wach. Meine geliebte Mary.

Erst als sie „au" schreit merke ich, dass ich ihre Hand zu festgedrückt habe. Dafür öffnet sie die Augen. Ihre Pupillen weiten sie vor Schreck und ruft: „Oh Gott, wir brauchen einen Arzt, er ist voller Blut."

Was? Wer? Ich folge ihrem Blick. Sie starrt Patrick an. Ich beruhige sie, so gut es geht. Sie ist völlig durcheinander.

„Ich gehe mich dann umziehen," sagt Patrick.

Ich nicke ihm nur zu und versuche Mary weiter zu beruhigen. Soweit ich kann, versuche ich ihr zu erklären, was alles passiert ist. Ich verstehe es ja selbst noch gar nicht richtig. Die Polizei will mit Mary sprechen, aber ich habe sie schon vertröstet. Erst einmal muss Mary zu sich kommen und so schnell es geht, hole ich sie zu mir. Dort ist sie in Sicherheit. Ich kann dort auf sie aufpassen.

Kapitel 19

Das Vibrieren meines Handys weckt mich. Ein Blick auf das Display verrät mir, dass es Rick ist.

„Ja?" bringe ich so gerade eben hervor.

„Wir haben etwas," sagt Rick und ich bin sofort hellwach.

„Bin sofort da," sage ich.

„Mary, ich bin so schnell zurück, wie ich kann. Schlaf weiter," flüstere ich ihr zu und gebe ihr einen Kuss auf die Stirn.

Vorsichtig stehe ich auf, um Mary nicht noch mehr zu wecken. Ich tausche nur meine Schlafanzughose gegen eine Jogginghose und ziehe mir ein Shirt an. Ich muss nur zum Ende des Flurs und es muss schnell gehen. Was haben sie gefunden?

Mary murmelt einen Protest. Ich muss schmunzeln. Es klingt so süß. Wie gerne würde ich bei ihr bleiben und sie wachkuscheln, aber wenn Rick etwas hat, muss ich sofort wissen, was es ist.

Immerhin geht es hier auch um Marys Sicherheit.

„Also, was gibt es Neues?" frage ich ohne Umschweife.

„Wir konnten die Zahlungen für die beiden Entführer derselben Spur zuordnen, wie die bisherigen Zahlungen."

„Das habe ich mir gedacht," gebe ich zurück.

„Denken und Wissen sind nicht immer identische Dinge," gibt Rick zurück.

„Das stimmt," gebe ich zurück. Rick ist einer der Wenigen, bei dem ich es dulde, wenn er so mit mir spricht. Wir arbeiten schon so lange zusammen, dass ich gar nicht mehr weiß, wie mein Leben ohne ihn war.

„Also, wir haben die Zahlungen zur Firma von Carl verfolgt."

„Carl?"

„Ja, bisher sind alle Zahlungen über ein Konto gelaufen, dass zu seiner Firma gehört. Es ist ein Konto, dass augenscheinlich nur für derartige

Zahlungen angelegt wurde. Es ist keins der offiziellen Geschäftskonten."

Ich nicke nur. Carl kann es nicht gewesen sein. Rick hat ja schon so einige Weiterleitungen der Gelder gefunden. Es wird auch hier genauso so.

„Wir werden es weiterverfolgen. Bisher haben wir noch keinen Anhaltspunkt gefunden, woher das Geld stammt, das auf das Konto überwiesen wurde, es ist ein Offshore Konto auf den Konto Cayman Islands. Es dauert noch etwas, bis wir den Eigentümer dieses Konto ermitteln konnten. Wir wissen aber noch nicht, ob es dann zu dem tatsächlichen Drahtzieher führt. Es deutet allerdings daraufhin, da die Zahlungen nunmehr gebündelt von dem einen Konto erfolgt sind.

„Haben Sie schon einen ungefähren zeitlichen Rahmen?" frage ich und hoffe auf wenige Tage.

„Das..," setzt Rick an, wird aber von einem markerschütternden Schrei unterbrochen.

Mary!

„Bleiben Sie hinter uns," brüllt Rick.

Er und Patrick ziehen ihre Waffen und rennen voraus. Ich will so schnell wie möglich zu Mary, aber die Beiden sind bewaffnet und wissen genau, was in einer Situation zu tun ist. Situation, was genau für eine Situation werden wir vorfinden?

Das Bild, dass sich uns beim Betreten des Wohnzimmers bietet, lässt mir das Blut in den Adern gefrieren. Mary steht auf der einen Seite des Flügels und ein Mann mit Skimaske und Messer auf der anderen Seite. Blitzschnell wirft Patrick sich auf den Angreifer, so dass dieser mit Patrick auf den Boden stürzt.

So schnell ich kann, renne ich zu Mary und versuche sie zu beruhigen. Erst als ich sie in meine Arme schließe, hört sie auf zu schreien. Mary zittert am ganzen Körper. Ich kann es ihr nicht verdenken. Als ich Patrick höre, dass er den Angreifer gesichert hat, entspannt sich Mary etwas.

Als ich mich zu den anderen Drei herumdrehe, sitzt der Angreifer schon gefesselt auf dem Sofa. Wir sind alle erstaunt, dass es sich um eine Frau handelt. Ich kenne sie nicht. Ich versuche mich zu erinnern, aber ich kann mich wirklich nicht daran erinnern, ihr Gesicht schon irgendwo einmal gesehen zu haben.

„Die Polizei ist gleich da," unterbricht Rick mich.

Ich nicke ihm zu und bringe Mary in die Küche. Sie muss weg aus diesem Raum, aber ich kann sie momentan nicht aus der Wohnung bringen. Die Polizei wird gleich da sein und wird sicher mit mir und Mary sprechen wollen. Hoffentlich kann ich ihnen wenigstens klarmachen, dass Mary noch unter Schock steht und daher eine Befragung noch warten soll.

Sue ist schon in der Küche und bereitet Tee zu. Sue ist einfach eine Perle.

„Ich habe die Polizei gerufen," informiert sie uns.

Sues Stimmt zittert und sie wirkt etwas unsicher. Wahrscheinlich ist sie sich nicht sicher, ob sie hätte die Polizei rufen sollen. Doch was hätten wir sonst tun sollen? Auch wenn Rick sicher alles aus der Frau herausbekommen könnte, wenn er Zeit hätte, müssten wir später doch der Polizei erklären, wie wir an diese Informationen gelangt sind. Und so wie ich Ricks Methoden kenne, könnte das sehr schwierig werden.

„Danke Sue. Es ist niemandem etwas passiert. Geht es Ihnen gut?" frage ich.

„Ja, Sir," sagt Sue und wirkt erleichtert.

„Mary?" frage ich Mary, „möchtest du einen Tee?"

Sue gisst Mary einen Tee ein. Mit zittrigen Händen versuchet Mary einen Schluck zu trinken. Ich würde gerne etwas tun, damit sie aufhören zu zittern, aber mir fällt nicht wirklich was ein.

„Mary, wir fahren weg, ok?" schlage ich vor.

Ich sehe ihr in den Augen, doch sie ist so durcheinander, dass sie mir nicht antworten kann.

„Die Polizei, Sir," sagt Patrick an der Tür.

„Okay, bin sofort da. Kann ich dich einen Augenblick bei Sue lassen, während ich mit den Beamten spreche?" frage ich Mary.

Sie nickt nur und wirkt noch immer abwesend. Ich will sie nicht hierlassen, aber die Polizei würde ihr nur fragen stellen und die Situation für Mary noch schlimmer machen. Ich sehe zu Sue hinüber, die mir zunickt. Sue scheint sich entweder wieder gefangen zu haben oder sieht im Kümmern um Mary eine Aufgabe, die sie von dem ablenkt, was eben geschehen ist.

„Mister Black," begrüßt mich einer der Polizisten, „schön, dass Sie trotz der Uhrzeit mit uns sprechen."

„Sehr gerne. Miss Rice versucht gerade, sich zu beruhigen. Es wäre schön, wenn wir ihre Aussage verschieben könnten."

„Wenn sich Miss Rice momentan nicht in der Lage fühlt, Angaben zur Sache zu machen, bitten wir sie, sich bei uns zu melden, sobald es ihr besser geht."

„Das werden wir selbstverständlich tun."

„Gut, können Sie uns dann kurz berichten, was Sie hier beobachtet haben?"

„Eigentlich nicht viel," gebe ich zu und bereue, dass ich nicht bei Mary geblieben bin. Dann wäre sie nicht aufgestanden. „Wir waren im Arbeitszimmer und hörten dann einen lauten Schrei. Ich habe zwar sofort erkannt, dass es die Stimme von Miss Rice war, aber nicht, warum sie schrie. Wir sind sofort losgelaufen. Als wir im Wohnzimmer eintrafen, stand Miss Rice auf der einen Seite von meinem Flügel und der Angreifer – Entschuldigung die Angreiferin – stand auf der anderen Seite. Als diese überwältigt war, bin ich zu Miss Rice gelaufen, um sie zu trösten. Als ich dann wieder zu den anderen gesehen habe, saß die Angreiferin auf dem Sofa und war an den Händen gefesselt. Erst da habe ich gesehen, dass es sich um eine Frau handelt. Dann habe ich Miss Rice aus dem Zimmer gebracht, damit sie sich beruhigen kann."

„Okay," sagt der Beamte, „kennen Sie diese Frau?"

„Nein, soweit ich mich erinnern kann, habe ich sie noch nie gesehen."

„Ihr Name ist Elisabeth Jackson. Sagt ihnen der Name etwas?"

„Nein, auch der Nachname nicht. Ich kann meine Mitarbeiter prüfen lassen, ob wir mit ihr irgendwelche geschäftlichen Beziehungen haben. Normalerweise kenne ich alle Personen, aber es könnte natürlich eine Angestellte einer der Firmen sein, mit der wir geschäftliche Beziehungen pflegen."

„Das wird sicher nicht nötig sein," sagt der Beamte.

„Wie Sie meinen," gebe ich zurück, während ich mir weiter das Gehirn zermartere, ob ich sie irgendwoher kennen könnte.

„Miss Jackson hat bereits eingeräumt, dass sie sich an ihnen rächen wollte für die Verhaftung ihres Freundes."

„Ihres Freundes?"

„Ja, erinnern Sie sich and den Kellner, den wir verhaftet haben wegen dem Anschlag auf der Gala?"

Ich nicke. Auch den kannte ich bis zu seiner Festnahme nicht. Und kennen ist jetzt auch zu viel gesagt. Ich weiß, wie er heisst.

„Der Mann ist ihr Freund."

„Hat sie auch Geld bekommen?"

„Zumindest hat sie das so angegeben," sagt der Beamte zu mir. „Wer werden sie jetzt mit auf das Revier nehmen und weitere Nachforschungen anstellen."

„Okay, sobald sich Miss Rice besser fühlt, werden wir uns melden."

„Danke, trotz allem eine schöne Restnacht."

„Ihnen auch."

„Mister Black," fängt Rick mich auf dem Weg zur Küche ab.

„Ja?"

„Wir haben ihre Geschichte überprüft. Auch sie hat Geld von dem Konto von Carls Firma bekommen. Wir haben eine E-Mail gefunden, in der ihr zugesichert wird, dass ihr Freund aus dem Gefängnis freikäme, wenn .."

„Wenn?" frage ich ungeduldig.

Ich habe noch nie erlebt, dass Rick etwas unangenehm ist auszusprechen. Rick ist ein Mensch, der ausspricht, was er denkt und mit seiner Meinung nicht hinter dem Berg hält. Egal wie unangenehm die Wahrheit sein mag, Rick spricht es aus. Was kann also so schlimm sein, dass selbst Rick es nicht aussprechen kann?

Rick sieht mir nicht in die Augen als er fortfährt: „Er käme frei, wenn sie Mary tötet und es so aussehen lässt, als wären Sie ihr Mörder."

Es fühlt sich so an, als würde der Boden sich unter mir auftun und mich verschlingen. Mary sollte getötet werden. In meiner Wohnung, wo ich dachte, Mary wäre in Sicherheit. Meine süße unschuldige Mary. Sie könnte nicht einmal einer Fliege etwas zuleide tun und sollte trotzdem sterben. Sterben, um mich eines Mordes verdächtig zu machen.

Wie kann ich Mary beschützen?

„Wir müssen herausfinden, wie diese Frau hier reingekommen ist und alle Sicherheitsvorkehrungen erhöhen. Mary darf nichts geschehen."

Ich höre selbst, dass meine Stimme total heißer klingt, aber ich kann es nicht ändern. Mary sollte schließlich getötet werden.

„Selbstverständlich, wir sind schon dran."

Kapitel 20

Ich habe Mary versprochen, nichts mehr vor ihr geheimzuhalten, also erzähle ich Mary alles, was ich weiß. Mary wirft vor Schreck ihre Tasse auf den Küchenfußoden. Die Tasse zerspringt. Mary lässt sich vom Hocker gleiten und will die Scherben auflesen.

„Mary, lass sie liegen. Nicht, dass du dich noch schneidest," bitte ich sie.

„Das ist heute nicht das Gefährlichste, was ich tue," gebt Mary sarkastisch zurück.

Ich schließe die Augen und versuche, meine Gefühle unter Kontrolle zu bekommen. Ich kann Mary nur in Sicherheit bringen, wenn wir uns nicht mehr sehen. Wir dürfen uns nicht nur nicht mehr sehen, es muss so aussehen, als wäre mir Mary egal. Der Drahtzieher der ganzen Geschichte hat es nur auf Mary abgesehen, weil er weiß, was sie mir bedeutet.

Ich höre, wie Mary die Scherben in den Müll wirft und versuche, einen Weg zu finden, wie ich Mary beibringen kann, dass es die einzige Lösung ist, sie zu schützen, bis Rick herausgefunden hat, wir hinter der ganzen Sache steckt.

„Ich lebe doch," sage Mary. „Es ist nichts passiert."

Ich nehme sie in meine Arme und drücke sie so fest ich kann an mich. Sie schreit auf vor Schmerz und ich lockere meine Arme. Ich will sie noch einmal so dicht bei mir haben, wie es mir nur möglich ist. Ich will das Gefühl, das ich empfinde, speichern für die Zeit, die vor uns liegt. Die Zeit, die ich ohne sie verbringen muss.

Mir graut davor, mein altes Leben zumindest für die Presse und die Öffentlichkeit wieder aufnehmen zu müssen. Ich werde mich mit anderen Frauen treffen müssen, mit ihnen flirten und mich fotografieren lassen. Andere Frauen müssen mich berühren dürfen und bei alledem muss ich noch lächeln und so tun, als würde es Spaß machen. Auch wenn ich mir nur wünsche, bei Mary zu sein.

Die nächsten Worte sind die schwersten Worte, die ich je in meinem Leben aussprechen musste: „Vielleicht ist es besser, wenn wir uns trennen."

„Was?" entfährt es Mary und ich halte sie fest, damit sie nicht zusammenbricht. Ihre Knie geben unter ihr nach. Ich hebe sie auf ihren Hocker zurück.

„Mary, all das hier passiert dir nur, weil du meine Freundin bist," erkläre ich ihr. „Du bedeutest mir mehr als meine Firma, mein ganzes Geld, mein eigenes Leben. Du bedeutest mir einfach alles. Deswegen möchte jemand, dass ich dich verliere und dafür noch bestraft werde. Mary, mit dieser Schuld könnte ich nicht leben. Deswegen sollten wir uns so lange trennen, bis wir herausgefunden haben, wer hinter alledem steckt."

Auch wenn es kitschig und übertrieben klingt, muss sie die ganze Wahrheit wissen, damit sie versteht, warum ich das vorschlage, was ich vorschlage. Sie muss verstehen, dass ich das alles für sie tun möchte, weil sie mir einfach alles auf der Welt bedeutet.

„Mary, da ist noch etwas," fahre ich fort, damit sie das ganze Ausmaß meines Vorschlages versteht. „Ich muss das offiziell machen. Es muss so aussehen, als wärst du mir egal. Es muss in der Zeitung stehen, damit es glaubwürdig ist."

Ich werde den Personenschutz für dich trotzdem wiedereinsetzen. Sie werden unsichtbar sein, aber sie werden da sein. Du darfst mich nicht anrufen und mich nicht aufsuchen."

Mary nickt zwar, als würde sie verstehen, was ich ihr sage, doch ihre Augen füllen sich mit Tränen. Der Kopf weiß, was das Herz noch verstehen muss. Auch mir ist zum Weinen zumute. Es bricht mir das Herz, dass ich Mary nicht mehr sehen kann, aber es bricht mir auch das Herz, sie so zu sehen. Ich will nicht, dass sie wegen mir so traurig ist. Ich will doch verhindern, dass ihr jemand schadet und doch bin ich es, der ihr jetzt weh tut und es in Zukunft weiter tun wird.

Egal, wie stark Mary ist und wie viel Sinn hinter meinen Taten stecken wird, Mary wird es belasten. Ich nehme Mary in die Arme und küsse die Tränen weg, die sich nun ihren Weg über ihre Wangen bahnen.

„Es wird alles wieder gut. Wir werden alles daransetzen, herauszufinden, wer uns das alles antut."

Daran muss ich selbst glauben, sonst wüsste ich nicht, wie ich weiterleben sollte. Ein Leben ohne Mary ergibt für mich keinen Sinn.

Mary vergräbt ihr Gesicht in meinem Shirt und ich möchte ewig so stehen bleiben. Sie einfach nur in meinen Armen halten und ihr sagen, dass alles wieder gut wird.

Mir wird regelrecht schlecht bei dem Gedanken, eine andere Frau als Mary so dicht bei mir zu haben. Ist es nicht irrsinnig, wie schnell sich das Leben ändern kann? Noch vor wenigen Wochen konnte ich mir nicht einmal vorstellen, dass eine Frau, außer Sue, meine Wohnung betreten würde, geschweige denn hier übernachten und nun stehe ich in meiner Küche mit Mary und möchte, dass sie nie wieder geht.

Kapitel 21

Der Tag ist nicht nur wegen der kurzen Nacht die Hölle. Es scheint so, als hätten sich heute alle gegen mich verschworen. Zum ersten Mal, seit Clara für mich arbeitet, hat sie sich krankgemeldet. Und als wäre das nicht schon schlimm genug, hat die Zeitarbeitsfirma mir anscheinend die dümmste Assistentin der Welt geschickt.

Zuerst kommt sie eine halbe Stunde zu spät, sodass ich schon dreimal bei der Firma angerufen habe, dann verschüttet sie meinen Kaffee über meinen Schreibtisch, der voll mit wichtigen Papieren lag und als wäre das nicht schon genug für einen Vormittag, wirft sie dann noch einen wichtigen Vertrag in den Reißwolf statt in den Kopierer. Und das alles in der ersten Stunde ihres Arbeitstages.

„Miss Davis," rufe ich sie durch die Tür, weil sie auch nicht in der Lage ist, die Gegensprechanlage zu bedienen.

Ich bemühe mich, ruhig zu bleiben und Schadensbegrenzung zu betreiben. Wieso schickt mir die Firma nur so eine dumme Nuss? Ich werde den Vertrag mit der Firma kündigen und eine andere finden müssen. Aber dafür brauche ich eine zuverlässige Kraft. Hoffentlich ist Clara bald wieder da.

„Ja?" sagt Miss Davis als sie zur Tür eintritt.

Das Erste, was mir auffällt, ist ein großer Ketchup-Fleck auf ihrer Bluse. Wann genau hatte sie Zeit zu essen? Sie ist jetzt 1,5 Stunden hier und hat nichts geschafft, aber essen nebenbei klappt. Und wer isst vor 8 Uhr schon etwas mit Ketchup.

Ich atme ein paarmal tief durch, um nette Worte zu finden, die dennoch so bestimmt und einfach sind, das sie sie auch begreift.

„Miss Davis, ich gehe davon aus, dass Clara morgen wieder da sein wird. Mir wäre es lieb, wenn Sie an ihrem Schreibtisch nicht zu viel Unordnung verursachen. Lassen Sie die Arbeit von Clara einfach so liegen und bedienen nur das Telefon. Sagen Sie jedem, dass ich in einer Besprechung bin und notieren Sie seinen Namen, seine Telefonnummer und den Grund des Anrufes. Ich habe heute keine Termine, dass heißt, sie lassen auch niemanden zu mir ins Büro. Okay?"

„Ja, Sir," sagt Miss Davis, doch ihr Gesichtsausdruck ist so leer, als hätte ich gerade mit einer Wand geredet.

Ich greife in meine mittlere Schublade und hole einen Vordruck heraus, den ich ihr reiche. Es ist ein einfacher Zettel, den Clara irgendwann mal als Muster gefertigt hatte für eine Praktikantin. Bisher haben wir ihn nie gebraucht, weil dort nur steht:

NAME, VORNAME:

TELEFONNUMMER:

GRUND DES ANRUFS:

„Falls Clara keinen mehr auf dem Schreibtisch hat," sage ich, obwohl ich weiß, dass Clara so etwas nicht braucht, „kopieren Sie sich diesen ausreichend für diesen Tag."

„Wird erledigt," sagt sie und ich habe meine Zweifel.

„Das war es erst einmal."

Sie nickt und geht. Ich lasse mich in meinen Stuhl sinken und frage mich, womit ich so etwas verdient habe.

Ich schreibe Clara eine SMS, dass sie, sobald sie wieder gesund ist, den Vertrag erneut besorgen soll. Um nichts in der Welt werde ich Miss Davis mit so etwas beauftragen.

Das Theater zog sich über den Tag weiter. Die Entwicklungsabteilung hat mir mitgeteilt, dass es Probleme mit der Entwicklung von Marys Idee gibt. Immer wieder brennt ein Kondensator durch und die Forscher konnten den Fehler noch nicht finden. Die Entwicklung verzögert sich also wegen einem so kleinen Teil wie ein Kondensator. Hinzu kommt, dass wir für neue Versuche erst eine neue Charge bestellen müssen. Das kostet uns wieder Zeit.

Mittags mache ich mich auf den Weg zum Essen als ich bei Miss Davis einen Stapel Papiere sehe. Ein Blick darauf verrät mir, dass sie es immerhin geschafft hat, die Zettel zu nutzen. Ich nehme die Zettel an mich und überfliege sie kurz.

Scheiße, Rick hat viermal angerufen. Gut, ich kann Miss Davis keinen Vorwurf machen, ich habe ihr gesagt, sie soll keinen Anruf durchstellen, sondern nur die Zettel nutzen. Obwohl Rick sonst sehr überzeugend sein kann, hat er sie anscheinend nicht überreden können. Warum hat mich nicht auf dem Handy angerufen? Ein Blick auf mein Display verrät mir den Grund. Wegen des ganzen Theaters habe ich vergessen, den Akku zu laden.

Schnell renne ich in mein Büro zurück und rufe Rick an.

„Wir haben das Geld über mehrere Konten zurückverfolgt. Zu einer Firma die S.H.R. heißt. Sagt Ihnen die Firma etwas?"

„Nein, die Firma sagt mir gar nichts. Wissen Sie schon mehr über die Firma?"

„Nein, es ist komisch, aber es ist nicht so leicht an die Eintragungsunterlagen zu gelangen. Die Gründung scheint 10 Jahre oder länger her zu sein."

„Okay."

„Wir suchen weiter. Ich wollte nur sicher gehen, dass Ihnen diese Firma nicht bekannt vorkommt."

„Leider nicht."

„Schade, aber wir werden es schon rausfinden."

„Sehr gut."

„Und Sir," sagt Rick.

„Ja?"

„Miss Rice geht es so weit gut."

„Danke."

Allein schon ihr Name lässt mein Herz höherschlagen. Sofort habe ich ihr Bild vor meinem inneren Auge. Meine süße Mary. Was sie wohl gerade macht? Ob sie auch an mich denkt? Ryan, ermahne ich mich, du musst zu deinem Mittagessen mit dem Vorstand von Gabel und Zack.

Kapitel 22

Nach diesem extrem schrecklichen Tag muss ich nun anfangen, die Presse von einem neuen alten Leben zu überzeugen. Ich muss in einen Club oder so gehen. Aber in welchen? Sonst hat Carl die Clubs meistens ausgewählt. Es war mir immer egal, wohin wir gegangen sind. Nur meine eigenen Clubs wollte ich zur Eröffnung besuchen.

Ein Club ist für mich wie der Andere. Es gibt eine Tanzflache, bunte Lichter, Rauch, viel Alkohol und viel zu leicht zu habende Frauen mit viel zu viel Make-up. Mir steht der Sinn absolut nicht danach, einen Club zu besuchen, aber ich habe keine Wahl.

Ich nehme mir den Teil der Zeitungen, in denen die Neueröffnungen der Clubs veröffentlich werden, schließe die Augen und lasse meinen Zeigefinger auf die Seite fallen. Als ich die Augen wieder öffne, ist meine Wahl für den Abend getroffen. Eine geeignete Tussi wird sich schnell finden.

Das „Fire" ist ein Club in Manhattan, was die Anreise schon mal kurz gestaltet. Vor der Tür steht eine Schlange, die weiter reicht als einmal um den Block. Ich lasse mich von Patrick bis vor die Tür fahren.

„Viel Erfolg," wünscht er mir.

Ich nicke ihm zu. Ohne dass ich Patrick in meinen Plan groß eingeweiht hätte, scheint er zu wissen, dass es nur eine große Show ist. Hoffentlich merkt das nur Patrick und nicht der Drahtzieher der ganzen Angelegenheit.

Wie erwartet erkennt mich der Türsteher und lässt mich ohne weitere Fragen in den Club. Sofort umfängt mich der Geruch von Schweiß, Alkohol und Rauch. Die Bässe wummern und ich sehe, dass der Club schon jetzt viel zu voll ist. Die Menschen drücken sich aneinander vorbei. Gläser werden über die Köpfe gehoben, um ein Verschütten beim Hindurchzwängen zu verhindern.

Wie konnte ich so etwas früher fast jeden Abend ertragen? Vielleicht wird es nach einem Drink besser. Trinken die Menschen in Clubs deswegen so viel? Um das alles zu ertragen?

Nach 3 weiteren Drinks werden mir die Menschen, die mich stetig anrempeln, langsam gleichgültig. Es ist nun einmal eine Cluberöffnung, da ist so etwas normal. Ich verwandle mich ja schon in einen Spießer. Ich muss über mich selbst lächeln. Anscheinend habe ich nun den Pegel erreicht, der es mir hoffentlich erlaubt, mit einer anderen Frau als mit Mary zu flirten. Aber ich muss sie auch anfassen.

Ich setze mich an die Bar und trinke weiter. Wie viele Drinks werden wohl nötig sein, um Mary zu vergessen? Vergessen werde ich sie sicher nie. Ich werde nicht mal genug Alkohol trinken können, damit sie mir egal ist, aber es muss mir egal sein, dass ich mit einer anderen Frau direkten Körperkontakt haben muss.

So zügig, wie es mir bei der Menschenmasse möglich ist, bahne ich mir einen Weg zur Tanzfläche. Viele leicht bekleidete Frauen bewegen sich hier mal mehr mal weniger sexy zur Musik. Keine könnte je so sexy sein wie Mary, aber heute muss ich Abstriche machen. Eigentlich ist es mir egal, welche dieser Frauen morgen in jeder Zeitung ist.

Neben mir blitzt es. Als ich den Kopf drehe, erkenne ich, dass mein Plan teilweise schon einmal funktioniert hat. Die Paparazzi sind vor Ort und haben mich schon mal zur Kenntnis genommen. Je mehr Fotos von mir gemacht werden, desto mehr Frauen werden auf mich aufmerksam.

Innerlich stöhne ich auf und verliere jeglichen Respekt vor ihnen. Das macht es mir aber leichter, sie für meine Zwecke auszunutzen. Ich werde kein schlechtes Gewissen haben.

Ich stelle mich an den Rand der Tanzfläche und bewege mich langsam zur Musik. Es dauert exakt 3 Sekunden bis die erste Frau sich an mich heranmacht. Sie wackelt vor mir hin und her und versucht, dabei sexy auszusehen. Ich kann den Alkohol auch auf die Entfernung riechen.

Sie dreht sich mit dem Rücken zu mir und streckt mir ihren Arsch entgegen. Ich lege die Arme von hinten um sie und schließe die Augen. Ich versuche mir angestrengt vorzustellen, dass es Mary ist, die ich in meinen Armen halte. Ich versuche mich an ihren Geruch zu erinnern und wie ihre Haare mir hin und wieder in der Nase kitzeln. Ich muss lächeln bei dem Gedanken daran.

Wir bewegen uns weiter zur Musik und die Tussi versucht mit ihrem Arsch eine Regung in meinem Schoß hervorzurufen, doch ohne Erfolg. Sie bewegt sich einfach nicht wie Mary. Meine Vorstellungskraft reicht nicht aus, um das auszugleichen. Was die Tussi hier macht ist nicht sexy, sondern wirkt einfach nur notgeil, obwohl es sexy wirken soll. Bei Mary ist es anders. Sie bewegt sich einfach, wie sie es möchte. Es soll nicht sexy oder aufreizend sein. Gerade beim Tanzen gibt sie sich einfach der Musik hin, egal, was um sie herum passiert. Dabei sieht sie dann unheimlich sexy aus, besonders, wenn sie es nicht darauf anlegt.

Noch immer halte ich die Augen geschlossen. Ich habe keine Lust, mich umzusehen. Es interessiert mich nicht, wer in diesem Club ist und wer uns beobachtet. Das stimmt nicht ganz. Ich will, dass uns die Papparazzi sehen, aber mehr nicht. Alle anderen Menschen in diesem Club sind mir total egal. Ich will nur meine Mary.

Ich hoffe, die Blitze kommen nicht von der Lichtershow, sondern sind von den Fotoapparaten. Es ist mir egal, ich muss hier weg. In mir steigt ein Brechreiz auf. Der kommt zum einen von der Alkoholfahne der Tusse, zum anderen davon, dass ich sie so dicht an mir hatte statt Mary. Ich nuschle der Tussi etwas in ihr Ohr, was so etwas wie ´muss schnell auf die Toilette´ oder so heißen soll.

So schnell ich kann, dränge ich mich durch die Menge durch einen Seitenausgang nach draußen. Ich muss an die frische Luft, muss durchatmen und vor allem muss ich weg von diesen geltungsbedürftigen Frauen ohne Respekt vor sich selbst.

Die Gasse, in die ich trete, ist menschenleer. Mir steigt das Innere meines Magens nach oben. Ein Fahrzeug biegt in die Gasse ein und ich stelle mich hinter einen der Müllcontainer. Während sich das Innere meines Magens seinen Weg nach Außen bahnt, hält der Wagen neben mir. Als ich aufschaue sehe ich, dass es Patrick ist, der neben mir angehalten hat. Als sich der Würgereiz gelegt hat, steige ich in meinen Wagen und lasse mich von Patrick nach Hause fahren.

Kapitel 23

Ich fühle mich wie gegessen, verdaut und wieder ausgespuckt. Noch nie in meinem Leben habe ich mich derart gefühlt. Leider kann ich es nicht mal auf den Alkohol schieben, denn dafür hatte ich nicht genug. Wie kann es mich körperlich derart fertig machen, dass ich nur mit einer anderen Frau getanzt habe? Dass eine andere Frau ihren Arsch an mir gerieben hat?

Clara hat mir alle Klatschblätter auf den Schreibtisch geknallt mit einem sehr missbilligendem Blick. So etwas hat sie sich noch nie getraut und das würde ich ihr normalerweise auch nicht durchgehen lassen, aber erstens fühle ich mich heute wie durch den Fleischwolf gedreht und zweitens bin ich nach dem Tag gestern unendlich froh, dass sie wieder da ist.

Ich hoffe, Clara hat das Chaos, dass die dumme Nuss gestern angerichtet hat, bald wieder ausgebügelt. Auch, wenn sie nichts gesagt hat, habe ich es ihr angemerkt, wie genervt sie war. Dabei war sie nur einen Tag krank. Sie will mir nicht sagen, was sie hatte, was ihr gutes Recht ist, aber es muss was Schlimmes gewesen sein, sonst wäre sie zur Arbeit gekommen.

Ohne große Lust schaue ich die Zeitschriften durch, die sie mir hingelegt hat. Auch wenn mich die Bilder anwidern, ist mein Plan aufgegangen. Die Medien berichten über das Beziehungsende von Mary und mir. Und gleich sieht man mich wieder mit einer Anderen. Ich werde die Zeitschriften in den Müll. Mehr sind diese Zeitungen eh nicht: Müll.

Ob Mary die Zeitungen schon gelesen hat? Wie es ihr wohl geht? Ich muss es herausfinden. Ich kann sie nicht anrufen und nicht besuchen. Ich kann sie nicht anrufen, weil unsere Gespräche abgehört werden. Haben wir nicht einen Auftrag der Regierung, um Handys zu entwickeln, die weder abgehört noch geortet werden können.

„Clara, sagen Sie Tim aus der Entwicklungsabteilung, dass ich ihn sehen will," fordere ich Clara durch die Gegensprechanlage auf.

„Sofort, Sir."

Nach wenigen Augenblicken klopft es an meine Bürotür und Tim ist da.

„Tim, wie läuft es mit der Entwicklung der Telefone für das Militär?"

„Relativ gut," sagt er und klingt verwundert.

Ja, ich rufe nie zwischendurch in der Entwicklungsabteilung an und fordere einen persönlichen Bericht an oder erkundige mich nach dem Stand eines Projekts. Jedes Team schickt mir über die Fortschritte oder Fehlschläge einen ausführlichen Bericht. Hierauf gibt es von mir dann eine Antwort per Mail. So arbeiten wir effektiv, weil ständige Meetings überflüssig sind. Ich bin auf dem Laufenden und meine Mitarbeiter bekommen eine positive Rückmeldung oder konstruktive Kritik. Damit sind wir bisher gut gefahren.

„Wie weit sind wir damit?"

„Wir sind in der Testphase, Sir."

„Es bleibt dabei, dass die Telefone nur telefonieren können und Kurzmitteilungen empfangen können?"

„So war es gewollt. Es gibt zwar noch einen integrierten Kompass, aber der arbeitet wir ein herkömmlicher Kompass, so dass hierüber keine Ortung stattfinden kann."

„Sehr gut. Kann ich zwei zum Testen bekommen?"

„Natürlich, Sir," sagt er und klingt noch verwirrter.

Es kommt zwar häufig vor, dass ich Geräte zum Testen haben möchte, aber ein Militärgerät nicht.

„Und Tim," sage ich.

„Ich möchte nicht, dass außer Ihnen jemand davon erfährt. Bringen Sie die Telefone bitte im Laufe des Tages persönlich in mein Büro."

„Jawohl, Sir," sagt er eifrig.

„Danke," sage ich und Tim versteht den Rauswurf.

Damit hätten wir schon einmal das erledigt. Aber wie bekomme ich nun eines der beiden Telefone zu Mary? Ich kann es ihr nicht schicken lassen, weil ich nicht weiß, wie weitreichend die

Überwachung desjenigen ist, der hinter alle dem steckt. Nur weil Rick dreimal täglich mein Büro auf Wanzen überprüft, fühle ich mich sicher genug, in meinem Büro über Alles zu reden.

Ein Blick auf die Uhr verrät mir, dass Rick gleich kommen müsste, um die Inspektion meines Büros vorzunehmen. Zwar nimmt er seine Inspektion jeden Tag zu anderen Uhrzeiten vor um Keinem eine Manipulation zu erlauben, doch ich muss es morgen für meine Besprechungen wissen.

Pünktlich auf die Minute steckt Rock seinen Kopf durch die Tür. Ich nicke ihm zu und er tritt ein. Bevor er etwas sagt, macht er sich daran mein Büro zu durchforsten. Als er nichts findet, hebt er den Daumen hoch.

„Rick," beginne ich ohne Umschweife, „ich habe etwas für Mary und habe keine Ahnung, wie ich es ihr zukommen lassen könnte."

„Nun," sagt Rock und ich sehe ihm an, dass er schon an einem Plan gearbeitet hat, wie ich doch zu Mary kann, „wir haben uns die Pläne vom Haus angesehen.

Hauptsächlich, um den Schutz von Miss Rice effektiv ausführen zu können."

„Natürlich," gebe ich leicht sarkastisch zurück.

Es ist das erste Mal, seit ich Rick kenne, dass er wie ein Spitzbube grinst.

„Um Miss Rice effektiv zu schützen, müssen wir genau wissen, wie man in das Haus hinein und hinaus gelangt. Wir haben dabei herausgefunden, dass es noch unterirdische Gänge gibt, die zwar keiner mehr nutzt, die aber noch intakt sind."

„Unterirdische Gänge?" frage ich überrascht.

„Ja, es sieht so aus, als wären dort noch Gänge aus Zeiten der Prohibition. Der Gang führt unter dem Innenhof entlang in das Haus auf der anderen Seite."

„Okay."

„Patrick arbeitet gerade an den Daten der Bewohner des Hauses."

„Wieso?" frage ich verwirrt.

„Sie brauchen einen Grund, warum Sie in dieses Haus gehen. Wir hoffen, wir finden dort eine junge Frau, die Geld braucht."

Ich sehe ihn fragend an.

„Sie würden sich mit ihr in der Öffentlichkeit zeigen können und dann hin und wieder zu ihr zum Besuch gehen können," erklärt er mir.

„Sie haben aber dann nicht viel Zeit," fährt er vor, „Sie dürfen Ihre Gewohnheiten nicht ändern und das heißt, Sie können nicht über Nacht bleiben. Es muss so aussehen, als würden Sie hineingehen, mit der Dame Spaß haben und wieder gehen."

Ich schließe kurz die Augen, um das zu verarbeiten. Rick hat Recht, das ist nicht zu bezweifeln, aber es klingt schlimm, dass so zu hören und so nüchtern zu betrachten.

Es keimt aber ein kleines bisschen Hoffnung in mir auf. Wenn es Patrick gelingt, eine passende Frau zu finden, kann ich Mary sehen. Egal, wie kurz es sein wird, ich könnte sie sehen.

Kapitel 24

„Sir, Sie haben ein Date," informiert mich Patrick.

Obwohl ich ihn völlig verwirrt ansehe oder genau deswegen, breitet sich ein spöttisches Grinsen auf seinem Gesicht aus. Was ist nur mit meinem Personal los? Bisher hat mein Privatleben keinen meiner Angestellten im Geringsten interessiert oder zumindest haben sie es gut verborgen und jetzt? Ich weiß nicht, ob mir die Änderungen gefällt, die Mary in meinem Leben hervorruft.

Patrick sieht mich weiter an mit seinem spöttischen Grinsen und wartet darauf, dass bei mir der Groschen fällt. Wieso habe ich ein Date und wieso hat Patrick es ausgemacht?

„Es hat geklappt?" frage ich. Zu meiner Schande gelingt es mir nicht, meinen freudigen Unterton zu verbergen.

„Ja, Sir."

Fast wäre ich Patrick vor Freude um den Hals gefallen. Ich werde Mary sehen. Wenn auch nicht lange und es bedeutet, ich muss mich wirklich hinsetzen und analysieren, wie lange ich normalerweise bei einer Frau bin, mit der ich nur Sex haben will.

„Ich habe die Wege im Haus getestet," fährt er fort, „die Tür im Haus von Miss Rice ist versteckt in einem kleinen Raum, der wohl mal die Waschküche war, jetzt aber lediglich ein paar alte und defekte Gerätschaften wie Besen und dergleichen beherbergt. Es wird Sie daher niemand sehen, wenn sie aus dem Tunnel treten.

Im Haus von Miss Clark, so heißt die junge Dame, befindet sich die Tür unter der Treppe, also direkt im Treppenhaus. Es könnte daher sein, dass sie jemandem begegnen, wenn Sie heraustreten. Das können wir aber nicht verhindern."

Ich nicke. Mein Gehirn hat nur einen Gedanken: Ich werde Mary sehen.

„Miss Clark wohnt im 3ten Stock. Das sollten Sie sowohl für Ihre Berechnungen berücksichtigen wie auch für eventuelle Nachfragen. Man weiß ja leider nie. Ich schlage außerdem vor, dass Sie Miss Clark zumindest einmal persönlich besuchen. Sie wissen dann, wer sie ist und wie ihre Wohnung aussieht."

Ich nicke erneut, wenn auch etwas widerwillig. Patrick hat Recht, aber mir missfällt der Gedanke, eine andere Frau zu besuchen, wenn ich die Zeit doch bei Mary verbringen könnte. Da wir aber nicht wissen, wie weitreichend die Kontakte und die Kontrollmechanismen des unbekannten Drahtziehers sind, müssen wir so viele Schwachstellen wie möglich ausmerzen.

„Rick hat vorgeschlagen, auch die Wohnung von Miss Clark regelmäßig auf Wanzen zu überprüfen."

„Wieso?"

„Falls sich dort welche befinden und es keine Geräusche mit Ihnen gibt, obwohl Sie dort sein sollten, könnte Sie dies verraten."

„Rick denkt wirklich an alles," gebe ich anerkennend zu.

„Unter uns," zwinkert Patrick, „ich glaube, Rick gefällt die Kleine. Aber er hat Recht."

„Also, wenn sie wollen, können wir jetzt zu ihr fahren, sie schauen sich um, lernen sie kurz kennen und dann sehen wir, wann Sie Miss Rice besuchen können.

Miss Clark ist eine blasse, hochgewachsene Brünette, schlank um nicht zu sagen mager, mit einem netten Lächeln.

„England?" frage ich, weil ich ihren Akzent nicht genau einordnen kann.

„Wales," gibt sie zurück.

Miss Clark führt mich in ihrer Wohnung herum und es fällt uns Beiden schwer, Smalltalk zu machen. In dieser Situation wäre es zwar angebracht, aber je mehr ich über sie weiß, desto mehr könnte mir herausrutschen. Das würde dazu führen, dass entweder Miss Clark ins Visier des Unbekannten gerät oder der Plan verraten werden würde und Mary erneut in Gefahr geraten würde.

Es ist eine kleine, aber geschmackvoll eingerichtete Wohnung. Im Schlafzimmer wird Miss Clark etwas verlegen. Paradox, wo es doch das erste Mal ist, dass ich bei einer Frau, die ich kaum kenne, im Schlafzimmer stehe und wir keinen Sex haben werden.

„Sie wissen, dass vermutlich über Sie berichtet wird?" frage ich Miss Clark, um ihr die Situation noch einmal zu verdeutlichen.

Wenn es ihr schon unangenehm ist, dass ich in ihrem Schlafzimmer stehe, muss sie wissen, dass in der Zeitung stehen wird, dass sie eine Affäre mit mir hat.

„Ja, das weiß ich," gibt sie ernst zurück.

„Wir können es beide leugnen, das wäre für mich egal, aber die Presse wird es dann nur noch mehr hochpuschen. Ich überlasse Ihnen die Entscheidung."

Wenn man eine Affäre leugnet, denkt die Presse nur noch mehr, dass es wahr sein muss. Sie werden Fotos machen, wie ich das Haus betrete und verlasse und versuchen herauszufinden, auf welchen Klingelknopf ich drücke.

Miss Clark nickt.

Nur um wirklich sicherzugehen, dass ich keinem weiteren Menschen Schaden zu füge, frage ich noch einmal nach: „Sie sind sich im Klaren darüber, dass die Klatschpresse darüber berichten wird, dass Sie mit mir eine Affäre haben?"

„Dessen bin ich mir vollends bewusst Mister Black, aber es wäre für mich eher eine positive Presse."

Ich sehe sie fragend an. Was kann an einer Affäre positiv sein.

„Sie haben mich noch nicht gegoogelt?" sagt Miss Clark und klingt neugierig.

Ich schüttle nur den Kopf. Dass ich keine Zeit dafür gehabt habe und eigentlich auch nichts über sie wissen möchte, um sie oder Mary nicht in Gefahr zu bringen, sage ich ihr nicht.

Ein kleines Lächeln breitet sich auf ihrem Gesicht aus.

„Wenn Sie einmal Zeit haben, tun Sie es und Sie werden es verstehen."

„Vielleicht finden wir nach dieser ganzen Geschichte auch die Zeit und Sie erzählen es mir selbst. Ich denke, man sollte nie glauben, was man in Klatschzeitungen oder im Internet über einen Menschen liest."

„Eine seltene, wenn auch sicher richtige Einstellung Mister Black."

Ich reiche ihr zum Abschied die Hand. Sie scheint eine nette Person zu sein, mit der man sich sicher gut unterhalten kann. Hoffentlich schadet ihr dieses Arrangement wirklich nicht.

Auf dem Weg die Treppe hinunter zur Haustür löse ich meine Krawatte, öffne den oberen Knopf meines Hemdes und zerwühle mir einmal die Haare. Wer weiß, ob nicht schon irgendwo ein Fotograf steht, der nur darauf wartet, Bilder für die Presse oder für den Unbekannten zu machen.

Kapitel 25

Nach der gleichen Methode wie am Vorabend habe ich einen Club für heute Abend ausgewählt. Meine Laune unterscheidet sich auch kaum von der gestrigen. Der Lichtblick, dass ich Mary bald sehen kann, wird dadurch verdunkelt, dass sie ausgegangen ist. Ich habe keine Ahnung, wann sie zurückkehren wird oder mit wem sie ausgegangen ist.

Der Informationsfluss muss sich auf ein Minimum beschränkten und so weiß ich lediglich, aufgrund der Personalkoordinierung, dass Mary ausgegangen ist. Hoffentlich ist sie nur mit diesem Steve und Charly ausgegangen. Soweit ich weiß, ist Steve schwul und Charly steht noch immer auf das Muttersöhnchen Mike.

Werden die Beiden auf Mary aufpassen? Mary hat es momentan sehr schwer und die Personenschützer werden nur eingreifen, wenn ihr Leben bedroht ist. Sollte Mary sich einem anderen Mann an den Hals werfen, werden sie nicht eingreifen. Würde Mary so etwas tun? Verdammt, ich habe keine Ahnung, was Mary tun würde. Immerhin kenne ich sie nicht so gut, wie ich gerne würde und es ist eine absolute Ausnahmesituation.

Mary ist eine kluge Frau. Wir haben über alles gesprochen. Sie hat die Situation verstanden und begriffen. Sie wird nichts Dummes tun. An diese Hoffnung muss ich mich klammern.

Der Club „Night" ist, wie erwartet, gut besucht. Dicht an dicht drängen sich verschwitze Körper. Der Geruch von

Aftershave und Parfum vermischt sich mit Rauch, Schweiß und Alkohol.

Die Bar befindet sich am hinteren Ende des Raumes. Durch die sich zur Musik bewegenden Menschen bahne ich mir einen Weg zur Bar. Obwohl die eigentliche Tanzfläche vorne am DJ-Pult zu sein scheint, tanzen die Menschen hier überall. Warum auch nicht? Es gibt keine Sitzmöglichkeiten und nur eine Bar. Warum wird also ein Teil des Raumes noch mit einer Balustrade umrahmt?

Ich zucke mit den Achseln und bestelle mir einen Whiskey. Je schneller ich so betrunken bin, dass ich mich nicht mehr ekle, umso schneller kann ich nach Hause oder zu Mary. Ach, meine liebste Mary. Wo sie wohl gerade ist? Ob sie auch an mich denkt?

Warum gibt es in diesem Club keine Möglichkeit sich hinzusetzen? Die Clubs verdienen doch das meiste Geld durch die Drinks. Man möchte man sich doch auch mal hinsetzen und trinken. Oder trinkt man mehr, wenn man die ganze Zeit stehen muss und sein Getränk festhalten muss?

Mein Glas steht auf der Bar und ich muss dem Barkeeper nur signalisieren, dass er nachfüllen muss. Das Mitzählen habe ich mir gleich gespart. Wenn das vorbei ist, muss mein Körper erst einmal entgiften von dem ganzen Alkohol.

Je mehr ich trinke, desto mehr verschwimmen die Gesichter der Personen um mich herum. Bevor ich nicht mehr unterscheiden kann, ob die Person vor mir Männlein oder Weiblein ist, mache ich mich auf den Weg zur Tanzfläche. Ich schiebe mich durch die Masse an Menschen, die sich zur Musik bewegen, um zur Balustrade zu gelangen.

Wie erwartet steht neben dem DJ ein Fotograf. Jeder Club hat mindestens einen Fotografen, der Bilder des Abends für die Homepage des Clubs macht. Ich denke, die Fotografen verdienen sich nebenbei Geld damit, Bilder an die Boulevardpresse zu verkaufen, wenn es sich lohnt. Pressefotografen sind in Clubs nur zu besonderen Anlässen oder bei Bekanntgabe von Besuch berühmter Personen. Und nicht jeder Club erlaubt den Zugang von Papparazzi, nicht einmal zur Eröffnung.

Ich versuche mich auf der Tanzfläche umzusehen, ob eine passende Frau zu entdecken ist, doch sie ist völlig überfüllt. Zu meinem Glück tanzt direkt vor mir eine Gruppe von Frauen, die dem Alkohol schon sehr zugetan gewesen sein müssen. Ich proste ihnen zu. Es ist mir egal, welche der 4 Frauen auf einen Flirt anspringt.

Eine der Frauen kommt dichter zu mir und tanzt an der Balustrade. Sie schaut mir tief in die Augen, bewegt sich tiefer und versucht trotz hohen Alkoholpegels sexy mit dem Arsch bis zu ihren Fersen zu gelangen. Kaum angekommen, kommt sie wieder nach oben.

Sie steckt einen Finger in mein Glas und saugt die Flüssigkeit von ihrem Finger ab. Tapfer lächle ich. Bis vor wenigen Wochen hätte ich das eindeutige Angebot angenommen, jetzt und hier im Club mit ihr zu Sex zu haben angenommen. Wie mache ich jetzt den Fotografen schnell auf uns aufmerksam?

Völlig unerwartet reißt mich jemand an der Schulter herum. Ich bin betrunkener als ich dachte und froh, dass ich nicht stürze. Steht wirklich Mary vor mir? Hier in diesem Club? Mein Gehirn versucht die Information zu verarbeiten, aber es fällt mir nicht leicht.

„Wie kannst du mir das antun?" brüllt Mary gegen die laute Musik an. „Du bist echt ein absolutes Arschloch.

Mary schlägt mir mit der flachen Hand ins Gesicht. Ich kann nicht reagieren, mich nicht wehren. Ich habe es nicht kommen sehen. Noch immer versucht mein Gehirn die Information zu verarbeiten, dass Mary hier vor mir steht. In einem der Tausenden von Clubs, die New York zu bieten hat. Einen Club, den ich blind aus der Zeitung ausgewählt habe.

So gut ich kann, versuche ich Marys Hand zu erwischen, um sich festzuhalten, doch es gelingt mir nicht. Es blitzt und ich mir ist klar, dass ich die Aufmerksamkeit des Fotografen sicher habe.

Was passiert hier gerade? Genauso überraschend wie sie erschienen ist, ist sie auch wieder verschwunden. Auch die Tussi, die sich eben noch so brennend für mich interessiert hat, ist verschwunden. Kein großer Verlust.

Völlig verwirrt verlasse ich den Club.

Kapitel 26

Ruhelos tigere ich durch meine Wohnung. Was hatte das zu bedeuten? War das von Mary nur eine Show, weil sie mich gesehen hat und die Geschichte untermauern wollte oder hat sie die Bilder gesehen und gedacht, ich hätte wirklich was mit einer anderen Frau?

Mein Kopf wird zwar klarer, aber die Erinnerung bleibt vernebelt. Ich kann Marys Gesicht nicht klar erkennen in meiner Erinnerung.

Ein Blick auf die Uhr verrät mir, dass es 4 Uhr morgens ist. Ich muss diese Sache klären, sonst werde ich keinen Schlaf finden. Es gibt einen Weg, Mary zu sehen, wenn auch nur kurz. Hoffentlich ist sie schon zuhause. Wenn nicht, wird meine Sorge noch größer werden.

Ob Miss Clark jetzt noch wach ist und mir die Tür öffnet? Bevor ich klinge, drücke ich vorsichtig gegen die Haustür und sie springt auf. Und dann wundern sich die New Yorker über die vielen Wohnungseinbrüche denke ich kopfschüttelnd. Heute bin ich aber froh über die Sorglosigkeit vieler Menschen.

Im Flur springt sofort ein Licht an als ich eintrete. Ich warte, bis sich die Tür hinter mir geschlossen hat, dann gehe ich um die Treppe herum zu der Tür zum Tunnel. Vorsichtig öffne ich sie. Sie quietscht und ich mache mir eine Notiz im Kopf, dass ich Patrick nach Öl fragen muss.

Nachdem sich die Tür geschlossen hat, schalte ich die Taschenlampe ein. Überall hängen Spinnenweben, was zeigt, dass dieser Tunnel wirklich nie benutzt wird. Ich bemühe mich so wenig wie möglich zu berühren, um den Eindruck zu erhalten.

Vor der Tür zur Wohnung von Mary und Kim halte ich Inne. Rick hat mir einen Schlüssel zu ihrer Wohnung besorgt. Ich will nicht wissen, wie er das angestellt hat, aber nun zögere ich, ob ich ihn wirklich benutzen soll.

Ryan, schimpfe ich mit mir selbst, du musst die Angelegenheit mit Mary klären. Du bist jetzt schon so weit gekommen, nun mach keinen Rückzieher. Außerdem hast du nicht viel Zeit.

Bevor ich es mir anders überlegen kann, öffne ich die Tür und schleiche so leise ich kann in Marys Zimmer.

Im Mondlicht kann ich ihre Silhouette unter der Bettdecke erkennen. Mir geht das Herz auf. Meine geliebte Mary. Sie ist zuhause. Ich erlaube mir kurz, ihrem gleichmäßigen Atem zu lauschen. Zum ersten Mal, seit ich Mary nachhause geschickt habe, breitet sich in mir eine innere Ruhe aus.

Sie schläft so friedlich und sieht so zufrieden aus. Das kann ich nicht zerstören, indem ich sie wecke. Außerdem weiß ich nicht, wie sie reagieren würde, wenn sie mich hier stehen sehen würde. Da ich nicht viel Zeit habe, gehe ich zu ihrem Schreibtisch und nehme mir einen Zettel und einen Stift. Ich muss es ihr noch einmal erklären und kann das Militärtelefon nicht einfach so auf ihren Schreibtisch legen.

Wieso habe ich nicht vorher daran gedacht, dass ich einen Brief hätte schreiben sollen. Wieso dachte ich, Mary wäre um die Uhrzeit noch wach? Habe ich überhaupt gedacht? So schnell es meine Finger erlauben, schreibe ich:

Liebste Mary,

mein Licht, meine Sonne, mein Leben. Selbst jetzt im Schlaf bist du die hübscheste Frau, die ich je gesehen habe. Ich möchte dich in meine Arme nehmen und nie wieder loslassen, doch wenn ich das jetzt tue, würde ich dich nicht gehen lassen können. Du bedeutest alles für mich. Du bist die Luft, die ich zum Atmen brauche. Du bist die Sonne, die mich wärmt. Du bist mein Licht in der Dunkelheit.

Ich wusste nicht, wie sehr es dich schmerzt, was ich tun muss, damit du in Sicherheit bist. Jedes Mal, wenn ich eine Frau im Arm habe und für die Kamera lächle, wünsche ich mir nichts sehnlicher als das du die Frau bist, die ich im Arm habe. Bitte glaube mir, dass ich dir das nicht antun würde, wenn ich nicht daran glaube würde, dass es zu deiner Sicherheit sein muss.

Ich habe keinen Spaß daran, mit diesen Frauen zu flirten, die nicht du sind. Dir nicht im Geringsten das Wasser reichen könnten. Du bist nicht nur die

Schönste Frau, die ich je kennengelernt habe, du bist klug, ehrlich, witzig, geistreich und so vieles mehr.

Es zerreißt mich, dass ich nicht bei dir sein kann. Du fehlst mir in jeder Sekunde meines Tages und meiner Nächte. Ich kann nicht mehr in meinem Bett schlafen, weil es mich zu sehr an dich erinnert und daran, dass du nicht da bist.

Mary, ich verspreche dir, dass wir den finden, der uns all das angetan hat und noch immer antut und werde ihn zur Rechenschaft ziehen.

Um unsere Sehnsucht wenigstens etwas zu schmälern und um dir jeden Tag sagen zu können, wie sehr ich dich liebe, überlasse ich dir eines von unseren Z-Telefonen. Wir entwickeln sie noch, aber sie sind derzeit nicht lokalisierbar und können nicht gehackt werden. Dennoch möchte ich dich bitten, nur die eingespeicherte Nummer anzurufen oder nur an diese Nummer zu schreiben, um keine Spur dieses Telefons zu hinterlassen. Ich würde mir nie verzeihen, wenn du wegen mir noch einmal in Gefahr gerätst oder dir gar etwas passiert.

Mary, ich liebe dich mehr als Alles was ich besitze, mehr als mein eigenes Leben. Wir werden bald zusammen sein können und ich werde den Rest meines Lebens damit verbringen, dich glücklich zu machen.

In Liebe Dein Ryan

Ich falte das Papier zusammen und lege es zusammen mit dem Telefon auf Marys Schreibtisch.

„Ich liebe dich," flüstere ich, bevor ich leise ihr Zimmer verlasse. So schnell ich kann, renne ich die Treppe hinunter und durch den Flur. Ich muss mich beeilen, falls ich beobachtet werde. Aber ich muss auch schnell aus dem Gebäude, damit ich nicht doch noch umdrehe und mich zu Mary in ihr Bett lege.

Mein Herz schlägt wie verrückt und das liegt nicht an der körperlichen Anstrengung. Es hüpft vor Freude, weil ich Mary gesehen habe. Auch wenn sie geschlafen hat, habe ich ein kleines

Lächeln auf ihren Lippen gesehen, als ich ihr sagte, dass ich sie liebe.

Kapitel 27

Clara ist noch immer stocksauer auf mich und wirft mir zur Begrüßung ein paar Zeitungen auf den Schreibtisch. Kommentarlos verlässt sie mein Büro. Ich bin viel zu überrascht, um sie darauf hinzuweisen, dass sie es nichts angeht und dass sie meinen Kaffee vergessen hat.

Neugierig bin ich trotzdem. Die Zeitungen berichten darüber, dass es aus ist zwischen Mary und mir. Ein Foto zeigt sogar, wie sie mir direkt ins Gesicht schlägt. Das werde ich mir aufheben. Wenn Mary sich meldet und alles ein Missverständnis ist, werde ich sie irgendwann damit aufziehen.

Eine Zeitung berichtet darüber, dass Carl wieder in der Stadt ist. Er hat sich noch gar nicht bei mir gemeldet. Seltsam. Ist er noch immer sauer, dass ich ihn gezwungen habe, die Entziehungskur zu machen?

„Hat wirklich jemand gedacht, dass sich ein Ryan Back von einer Kellnerin aus Maine zähmen lassen würde," heißt es in einer der Zeitungen.

Ja, das hat er, sage ich zu mir selbst. Ich hätte es sicher selbst als Letzter gedacht, dass eine so unschuldige Frau mich zähmen kann. Wobei ich schon das Wort ´zähmen´ witzig finde.

Marys Beruf hat nichts damit zu tun, dass ich mir nicht hätte vorstellen können, dass eine Frau wie sie mich dazu bringt monogam zu leben. Ich habe einfach nie daran gedacht, dass es wirklich die eine Frau zum Lieben und Leben gibt. Das lag aber wohl eher daran, dass ich nie eine Frau kennengelernt habe, mit der man ernsthaft und ehrlich reden kann. Eine Frau, die nicht nur das Geld in mir sieht, sondern einen normalen Mann.

Es ärgert mich, dass die Zeitungen derart abwertend über Mary berichten, aber ich kann es nicht ändern. Auch als es hieß, wir wären ein Paar, wurde abwertend über sie berichtet. Das liegt sicher am Schichtendenken vieler

Menschen. Oder es lässt sich einfach gut verkaufen.

Wäre es nicht die Aschenputtel-Geschichte schlechthin gewesen, wenn wir geheiratet hätten? Arme Kellnerin aus Maine angelt sich superreichen New Yorker und lebt danach in Saus und Braus? Wie viele junge Frauen, die nach New York kommen, träumen davon? Ist das nicht der Stoff, aus dem Hollywoodfilme sind?

Es ist fast Mittag als das Z mir endlich eine Nachricht anzeigt. Ein Daumen-hoch-Emoji. Einfach oder doch sagt es mir alles, was ich wissen muss. Mary hat meinen Brief bekommen, gelesen und verstanden.

„Mister Black," reißt mich Rick aus meinen Gedanken, „ich werde Miss Rice heute auf der Arbeit aufsuchen."

„Warum?" frage ich erschrocken.

Ich dachte, es läuft endlich einigermaßen rund, wenn auch nicht wie erwünscht.

„Nun Sir, wir haben das Konto bereits mit vielen Personen in Verbindung bringen können, die einzige, die aber keine Zwischenstation zu sein scheint ist Mrs. Jones."

„Ich kenne Mrs. Jones aber doch gar nicht," werfe ich ein.

„Das wissen wir. Wir haben noch einmal alle Ihre Kontakte überprüft, um nichts zu übersehen. Mrs. Jones scheint eine großzügige Spenderin zu sein, die aber nur gelegentlich auf gesellschaftlichen Anlässen anzutreffen ist.

Sie scheint aber ein reges Interesse an Miss Rice zu haben, seit die ersten Bilder von Ihnen Beiden veröffentlicht wurden. Wie sie wissen, wollte Mrs. Jones Miss Rice als Trainerin, doch Miss Rice hat abgelehnt. Daraufhin hat Mrs. Jones regelmäßig einen Tisch im Look out reserviert. Immer in dem Bereich, in dem Miss Rice arbeitet.

wir kommen bei den Ermittlungen bezüglich Mrs. Jones nicht weiter. Wir können nicht ermitteln, woher das Vermögen von Mrs. Jones stammt. Nicht einmal, wer Mister Jones ist. Es ist so, als wäre Mrs. Jones nicht existent bis zu dem Tag, an dem sie hier nach New York gezogen ist."

„Das klingt aber weit hergeholt," sage ich. Wie kann ein Mensch vorher nicht existiert haben?

„Ja, wir forschen ja weiter, aber es dauert alles seine Zeit. Einige Ämter arbeiten noch mit Papier. Da können wir uns nicht einfach in die Datenbank hacken. Wir müssen einen Antrag stellen und diesen begründen. Selbst wenn wir das machen oder Personal für die entsprechende Informationen bezahlen, dauert es, Akten in Papierform zu durchsuchen."

„Ich verstehe. Aber wie soll Mary helfen?"

„Ich möchte nur, dass Miss Rice die Ohren offenhält und mir berichtet, wenn ihr etwas auffällt. Nach unseren Nachforschungen sind nur Sie für den Drahtzieher interessant. Ihre Angestellten werden nicht überwacht. Lediglich bezüglich ihrer Bestechlichkeit hin überprüft."

Der Gedanke, dass Mary sich doch wieder in Gefahr begibt, missfällt mir.

„Sie soll Mrs. Jones nicht ausfragen. Ich möchte nur wissen, was sie so hört, während Mrs. Jones dort zum Essen ist, Sir," versucht Rick meine Zweifel auszuräumen.

Ergeben seufze ich. Was sollen wir tun? Die Ermittlungen können Wochen, Monate, sogar Jahre andauern.

„Aber es ist Marys Entscheidung," sage ich mit Bestimmtheit, „Sie werden nicht versuchen, sie zu überreden."

„Ehrenwort. Ich werde ihr die Sache erklären und sie bitten. Aber ich werde auch klarstellen, dass es ihre Entscheidung ist. Es ist ja nicht einmal gesagt, dass Mrs. Jones irgendetwas von sich gibt, was uns weiterhilft. Aber momentan greife ich nach jedem Strohhalm, der diese Angelegenheit endlich beendet."

Da kann ich Rick nur zustimmen. Der Albtraum mit Sarah war schlimm, aber das hier ist eindeutig schlimmer.

Kapitel 28

Bevor ich ins Bett gehe, möchte ich noch wissen, ob Mary gut nach Hause gekommen ist. Also schreibe ich ihr eine SMS. Das kleine Z werde ich für immer in Ehren halten. Immerhin ermöglicht es mir den Kontakt zu Mary.

Mary antwortet, dass sie gerade duschen gehen wollte. Bei dem Gedanken daran, spüre ich, wie mein Schwanz vor Erregung zuckt.

Schnell drücke ich auf Wahlwiederholung, um ihre zauberhafte Stimme zu hören. Sie nimmt sofort ab.

„Hallo meine Schöne," begrüße ich sie.

„Hallo," sagt sie schlicht.

„Ich würde gerne mitgehen," sage ich.

„Was?" fragt sie verwirrt.

„Mit unter die Dusche," erkläre ich ihr.

Nichts wäre schöner als nach einem anstrengenden langen Tag nach Hause zu kommen und mit Mary unter die Dusche zu gehen. Den ganzen Schmutz des Tages abspülen und ihren perfekten Körper nackt vor mir zu haben.

„Dann komm her," sagt Mary.

„Wenn das nur ginge," sage ich und spüre den Kloß in meinem Hals. Ich war erst gestern bei ihr und kann nicht jeden Abend zu einer angeblichen Geliebten fahren. Das habe ich früher nie gemacht und würde Misstrauen erregen.

„Wenn ich bei dir wäre, würde ich noch ganz andere Dinge mit dir tun," sage ich und versuche, das unangenehme Thema fallen zu lassen.

Es hilft nichts, wenn wir darüber jammern. Es ändert nichts an der Situation. Vielleicht können wir uns bald schon sehen. Die Polizei wird Sarah sicherlich morgen verhaften. Wenn sie dann ihren Komplizen verrät, wäre Mary in Sicherheit.

„Ah ja. Zum Bespiel?" reißt sie mich aus meinen Gedanken.

„Willst du das wirklich wissen?" frage ich sie.

Soll ich ihr wirklich am Telefon erzählen, was ich mit ihr machen würde, wenn ich bei ihr wäre? Kann ich ihr das überhaupt erzählen? Verschrecke ich sie damit nicht?

„Warte," sagt sie. „jetzt."

„Was hast du gemacht?"

„Ich habe es mir auf meinem Bett bequem gemacht."

Sie hat was? Sofort entsteht vor meinem inneren Auge ein Bild von Mary auf ihrem Bett. Wie sie darauf liegt. Wie sie zu mir aufsieht, als ich vor ihrem Bett stehe. Mein Schwanz zuckt. Wir gerne wäre ich jetzt bei ihr.

„Du willst mich heute wirklich quälen," sage ich ihr.

„Ich dich?" fragt sie.

„Mary, willst du mich herausfordern?"

„Versuch´ es!"

Ich ziehe meine Hose und mein Shirt aus und mache es mir ebenfalls in meinem Bett bequem. Wie jedes Mal, wenn Mary nicht darin liegt, kommt es mir unbeschreiblich leer und zu groß vor. Ich schließe die Augen, um mir vorzustellen, dass sie bei mir ist.

„Was machst du?" fragt sie.

„Ich habe es mir in meinem großen Bett bequem gemacht, in dem wir jetzt viel Spaß haben könnten."

Ich höre ihr Seufzen und es freut mich, dass sie mich augenscheinlich genauso gern bei sich hätte, wie ich sie bei mir hätte.

„Was hast du an?" fragt Mary mich und bringt mich damit aus der Fassung.

„Nichts," gebe ich ehrlich zurück.

„Nichts?" fragt Mary nach.

„Ja, ich trage nicht nur ein Hauch von nichts, sondern rein gar nichts. Und du?"

Ich spüre, wie Mary zögert. Warum? Sollten wir das Ganze doch lieber lassen? Ich hatte noch nie in meinem Leben Telefonsex. Nicht einmal als die Jungs damit geprahlt haben, dass sie Sexhotlines angerufen haben, habe ich es ausprobiert. Sollte ich was sagen?

„Ich," höre ich ihre leise Stimme, „trage noch meine Uniform. Ich wollte ja eigentlich gerade duschen."

War es das, warum sie gezögert hat? Weil sie noch ihre Uniform trägt? Es klingt wie eine Rechtfertigung, dass sie gerade duschen wollte. Sie hätte auch lügen können, aber ich bin froh, dass sie es nicht getan hat. Außerdem ist sie zum Anbeißen in ihrer Uniform.

„Weißt du eigentlich, wie sexy du in deiner Uniform aussiehst?" frage ich sie.

„Tue ich das?" fragt Mary zurück und wirkt ernsthaft überrascht.

Ich sollte vielleicht überall in meiner Wohnung Spiegel aufhängen, damit sie sich selbst sehen kann. Damit sie sehen kann, wie unheimlich sexy sie eigentlich in Allem aussieht, was sie trägt.

„Und wie! Sie betont deine Kurven. Ich kann mich gar nicht entscheiden, ob ich lieber möchte, dass du auf mich zu kommst oder weggehst. Immerhin kann ich von hinten deinen geilen Arsch sehen. Vielleicht sollte ich die Uniformen für das Look out überdenken. Immerhin bin ich nicht der Einzige, dem dieser Arsch auffallen wird.

Ich muss mich immer beherrschen, ihn nicht einfach anzufassen. Deine knackigen Pobacken passen genau in meine Hände. Ich würde dich jetzt gerne im Arm halten und dir zeigen, wie perfekt dein Arsch in meine Hände passt, während ich deinen Hals mit Küssen bedecken."

Mein Schwanz schwillt weiter an, während ich mir vorstelle, wie ich ihren Arsch packe und ihren Nacken liebkose. Wie sich an mich drückt.

„Ich würde dich so dicht an mich drücken, dass du meine Erregung spüren kannst. Mein harter Schwanz würde sich gegen dich drücken.

Meine Hände würden zu deinem Rücken wandern und dir dein Shirt über den Kopf ziehen. Ich würde dein Gesicht in meine Hände nehmen und dich küssen. Leidenschaftlich würde meine Zunge mit deiner Zunge spielen. Deine Hände würden über meinen Rücken streichen und meinen Arsch packen. Du würdest mich wieder fester an dich drücken, um zu spüren, wie sehr ich dich will."

Während ich Mary erzähle, was ich mit ihr machen möchte, lege ich meine freie Hand fest um meinen harten Schwanz und bewege sie langsam auf und ab.

„Wie schön wäre das jetzt," höre ich Mary, was mich nur weiter anstachelt.

„Ich sage dir, was wir tun:

Du ziehst mir mein Shirt über den Kopf und öffnest den Knopf meiner Hose. Statt auch den Reißverschluss zu öffnen, schiebt du eine Hand hinein und greifst nach meiner Erektion. Unter deiner Berührung wird er noch härter.

Ich muss dich haben. So schnell ich kann, öffne ich deine Hose und lasse sie zu Boden gleiten. Ich halte dich fest, als du heraussteigst. Nur widerwillig lässt du hierfür meinen Schwanz los. Ich halte dich etwas von mir fern, um den Anblick zu genießen, wie du nur in Unterwäsche vor mir stehst. In deinen Augen steht genauso viel Lust wie ich empfinde.

Um jeden Moment zu genießen, drehe ich dich herum und schließe dich in meine Arme. Meine Hose lasse ich herunterrutschen. Ich knappere an deinem Hals und genieße die Wärme deines Körpers an meinem Körper. Dein Körper reagiert mit einer Gänsehaut auf meine Knapperei. Ich schiebe eine Hand in deinen BH und beginne deine Brust zu massieren. Du legst den Kopf etwas zurück und bietest mir so mehr Möglichkeiten, dich zu necken.

Meine andere Hand streichelt über deinen Bauch. Deine Haut ist so zart und weich. Du presst deinen geilen Arsch gegen meine Erregung. Leicht bewege ich meine Hüften, um deine Erregung zu steigern. Quälend langsam schiebe ich meine Hand in dein Höschen.

Oh Gott, du wirst so feucht sein. Mein Schwanz zuckt vor freudiger Erregung. Er weiß, dass er diesen Ort bald besuchen kann. Du wirst ihn freudig in dich aufnehmen.

Mary?" frage ich.

Sie ist so still, dass ich nicht weiß, ob sie mich hört, ob ihr gefällt, was ich sage.

„Ja," haucht sie in mein Ohr.

„Du musst jetzt meine Hände sein. Tu für mich, was ich nicht tun kann," fordere ich sie auf.

Ich gehe davon aus, dass sie zögern wird, doch stattdessen antwortet sie mir: „Nur, wenn du es auch tust."

„Ich halte meinen festen harten Schwanz schon in der Hand. Ich bewege meine Hand auf und ab, während ich mir vorstelle, dass es deine Hand ist. Meine Finger sollten über deine intimste Stelle gleiten und in dich eindringen."

Ich höre Marys Stöhnen an meinem Ohr. Es törnt mich an, dass ich sie so sehr errege. Wenn ich nur bei ihr sein könnte.

„Spürst du, wie ich meine Finger in dich hineinschiebe?" frage ich sie. Ich will sichergehen, dass sie wirklich tut, was ich ihr sage. Dass sie wirklich die Lust empfindet, die ich mir für sie wünsche.

„Ja," höre ich sie leise.

Ihre Stimme bebt vor Erregung.

„Wie fühlt es sich an?" frage ich.

Ich will, dass sie mit mir spricht. Ihre erregte Stimme steigert meine eigene Lust.

„Es fühlt sich himmlisch an," sagt Mary.

Da sie mir nicht den Gefallen tut und weiterspricht, muss ich sie weiter anleiten.

„Meine Finger bewegen sich schneller hinein und hinaus. Mein Schwanz drückt sich fester an deinen Arsch. Deine Hüften bewegen sich mit meinen."

„Ich würde dir gern deine Boxershorts ausziehen," sagt Mary.

Kurz bin ich verwirrt, da ich nackt auf meinem Bett liege, doch dann begreife ich, dass Mary sich genau das vorstellt, was ich ihr erzähle.

„Das würde ich dir sogar erlauben," fahre fort, „nachdem ich dir dein Höschen heruntergezogen habe. Mein Schwanz würde deine nackte Haut spüren und sicher die ersten Tropfen meiner Lust verlieren.

Nachdem ich dich von deinem BH befreit habe, werfe ich dich auf mein Bett. Bereitwillig öffnest du deine Beine für mich. Ich kann sehen, wie feucht und wie erregt du bist. Der Anblick ist zum Niederknien. Ich könnte ewig stehen bleiben und diesen Anblick genießen. Doch mein Blick wandern höher bis zu deinen Augen. In ihnen erkenne ich, wie die Lust in dir lodert.

Ich habe Angst, dass die Lust dich derart überfällt, dass du dich selbst zum Höhepunkt bringen wirst und ich keine Chance mehr habe, es zu tun. Ich will es sein, der dich bis an den Rand des Wahnsinns treibt. Dich wild vor Erregung macht bis du in einem Orgasmus zerspringst.

Trotz Erregung reiße ich mich zusammen und positioniere mich zwischen deine Beine. Ich dringe ich dich ein und kann das Stöhnen nicht unterdrücken. So feucht wie du bist und so willkommen wie du meinen harten Schwanz heißt, bringt es mich fast um den Verstand.

Ich stütze meine Unterarme links und rechts von deinem Kopf auf und umschließe dein Gesicht mit meinen Händen, während ich weiter in dich eindringe. Ich umschließe deine Lippen mit meinen und küsse dich leidenschaftlich. Ich spüre den Protest in dir, als ich mich aus dir zurückziehe. Doch ich stoße gleich wieder in dich hinein. Dein Körper bebt unter mir. Unermüdlich setze ich meine Folter fort. Rein und raus, rein und raus.

Du regst dich mir entgegen, schließt deine Beine um meine Hüften und ich steigere mein Tempo. So ungern ich es tue, aber ich muss unseren Kuss unterbrechen. Vor Erregung ist meine Atmung derart schwer, dass ich keinen Atem für einen Kuss habe. Meine Lippen sind dicht an deinen. Ich höre, wie schwer du atmest.

Du bist so wunderschön. Die Augen und Pupillen geweitet vor Erregung, dein Blick verschleiert, die Lippen geöffnet und feucht von unserem Kuss.

Deine Fersen bohren sich in meinen Arsch und ich verliere die Kontrolle über mich. Stoße heftig zu. Ich spüre, wie du den Rücken durchbeigst, mir dich weiter entgegenregst. Als dich der Orgasmus überrollt, schreist du meinen Namen. Das ist zu viel für mich. Deine Muschi umklammert meinen Schwanz, zuckt um ihn herum, während ich mich in dir ergieße."

Ich höre Mary nicht mehr. Es ist so still am anderen Ende der Leitung, nicht einmal ein Stöhnen kann ich hören.

„Mary?" frage ich

Unter Stöhnen bringt sie ein ´ja´ heraus.

„Würde dir das gefallen?" frage ich nach.

„J A," stöhnt sie mir ins Ohr.

„Ich stelle mir gerade vor, wie du auf deinem Bett liegt und mir deinen schönen Fingern an dir herumspielst. Wie deine zarten Finger in deine Muschi eindringen."

„Ich will dich anfassen," stöhnt Mary.

Ich würde gerade nichts sehnlicher tun, als ihr diesen Wunsch zu erfüllen.

„Es gibt gerade nichts, was ich mir mehr wünschen würde, als die Hand, die sich an meinem Schwanz auf und ab bewegt, deine wäre," gebe ich zu,

„Massiere deine Kitzler," fordere ich Mary auf.

Ich halte es nicht mehr lange aus. Mein Schwanz ist hart und pulsiert. Er verlangt nach mehr. Mein Schwanz ist bei Mary härter und größer als bei jeder anderen sexuellen Begegnung, selbst hier und jetzt. Dabei ist Mary nur am Telefon und nicht persönlich bei mir.

„Wenn du jetzt nur sehen könntest, wir groß und hart mein Schwanz ist, wenn ich nur an dich denke," sage ich.

„Oh Gott," höre ich Mary stöhnen.

Ich spüre, dass auch ihr Orgasmus nicht mehr lange auf sich warten lässt. Ich muss sie über die Schwelle bringen.

„Mary, du erregst mich, wie nie eine Frau vor dir. Allein dein Stöhnen, oh mein Gott, du bringst mich um den Verstand."

Ich höre jetzt ihr Stöhnen deutlich durch das Telefon. Es wird lauter und schneller, bis sie schließlich meinen Namen in einem erstickten Schrei brüllt. Das ist zu viel für mich. Mit einer letzten Handbewegung komme auch ich zum Höhepunkt. Mein warmes Sperma fließt über meinen Bauch.

„Mary," versuche ich zu sagen, doch die Stimme versagt mir. „Mary, du bist echt die unglaublichste Frau, die ich je kennengelernt habe."

Mary reagiert nicht darauf.

„Mary?"

„Ja," sagt sie und klingt matt und erschöpft.

Ich habe das Gefühl, dass etwas nicht stimmt. War es falsch, Mary so zu überfallen? Ihr zu sagen, was sie tun soll. Einfach zu verlangen, dass sie mit mir Telefonsex hat?

„Alles ok?" frage ich vorsichtig nach.

„Ja," gibt sie zurück. Doch das Wort ist so kurz und knapp, dass ich an ihrer Stimme nicht hören kann, ob sie es wirklich ernst meint.

„Mary, sei ehrlich," fordere ich sie daher auf, doch sie antwortet nicht. „Mary, sag bitte was. Hat es dir nicht gefallen? Habe ich etwas Falsches gesagt?"

„Nein, hast du nicht. Es ist nur …"

„Es ist nur was? Mary, du kannst mir alles sagen. Ich wollte dich nicht zu etwas bringen, was du nicht willst. Du fehlst mir nur so sehr," entschuldige ich mich bei ihr.

Es war ein Fehler. Verdammt. Warum muss ich immer meiner Lust nachgeben. Ich weiß doch, dass Mary keine Frau ist wie alle anderen. Mary ist etwas ganz Besonderes. Sie ist auch lange nicht so erfahren in sexuellen Dingen. Ich muss mich beherrschen. Warum fällt mir das nur so schwer bei ihr?

„Du mir auch," sagt Mary.

„Was ist dann los?" will ich wissen.

Ich will wissen, womit genau ich es kaputt gemacht habe, damit ich es nicht wieder tue.

„Es hat mir schon gefallen," druckst sie weiter herum.

„Aber? Mary, rück raus mit der Sprache. Wenn es dir gefallen hat, wo ist dann das Problem?"

„Ich habe so etwas noch nie gemacht," sagt sie schließlich, als wäre das eine richtige Erklärung.

„Mary, ich doch auch nicht," sage ich und versuche ihr mehr zu entlocken.

„Wie bitte?" fragt Mary überrascht.

War es das? War das ihr Problem? Dass sie meinte, ich hätte es schon öfter gemacht?

„Meine liebe süße Mary, ist es das gewesen? Dachtest du, ich hätte das schön öfter gemacht?" frage ich, um die Angelegenheit zu klären. „Für wen hältst du mich eigentlich? Mary, ich weiß nicht, wie ich dir erklären soll, wie besonders du für mich bist. Ich habe eine Frau noch nie so begehrt, wie ich dich begehre. Ich habe auch noch nie eine Frau vermisst. So sehr wie du mir fehlst, hätte ich nie gedacht, dass mir jemand fehlen könnte. Die letzte Zeit, wo ich dich nicht sehen, deine Stimme nicht hören und dich nicht anfassen konnte, war die schlimmste Zeit meines Lebens."

Erkläre ich ihr. Ich möchte ihr alles erklären, damit sie weiß, woran sie ist und damit sie endlich begreift, dass sie etwas wirklich Besonderes ist.

„Wir wissen Beide, dass ich mit vielen Frauen Sex hatte," sage ich.

Ich bereue es sofort, als ich höre, wie Mary erschrocken nach Luft schnappt.

„Aber Mary, das war nur Sex. Ich habe mir weder Namen noch Gesichter dazu gemerkt und bestimmt keine Telefonnummern gesammelt. Okay, es gab hin und wieder eine Frau, mit der ich mehrmals Sex hatte, aber ich wusste nur, wo sie wohnen und wenn mir nach Sex war, bin ich hingefahren. Wir hatten Sex und ich bin wieder gefahren. Es hat mich nicht interessiert, was sie machen, wenn ich nicht da bin und wie es ihnen während des Sex geht.

Ich weiß, dass du es nicht verstehen kannst, wie man so leben kann, aber es war nun einmal so. Wenn du möchtest, kann ich versuchen, es dir zu erklären, aber du bist einfach anders.

Sex hatte nie etwas mit Gefühlen zu tun und war deswegen nie halb so intensiv wie mit dir. Das eben war besser als jeder Sex vor dir und du warst nicht einmal bei mir.

Noch einmal ganz deutlich Mary: ich habe noch nie Telefonsex gehabt. Es gab noch nie eine Frau, mit der ich so sehr Sex haben wollte, dass ich es nicht aushalten kann bis ich sie persönlich sehe. Ich dachte bis eben auch nicht, dass ich jemals Telefonsex haben würde, geschweige denn, dass es mir gefallen könnte."

„Ich auch nicht," sagt Mary und klingt schon etwas entspannter.

„Ist das jetzt gut oder schlecht?"

„Keine Ahnung," sagt Mary.

Ich merke beim Sprechen, wie mir mein getrockneter Saft die Haut zusammenzieht.

„Jetzt muss ich auch duschen"

„Da würde ich jetzt gerne mitkommen," dreht Mary den Spieß um.

„Das würde mir sehr gefallen."

Kapitel 29

„Mister Black," summt meine Gegensprechanlage.

„Ja?" antworte ich Clara genervt.

Ich bin mitten in einer Besprechung über die Optimierung der Fitnessuhr. Die

Akkuleistung ist noch zu gering und sie ist noch nicht ausreichend Wasserbeständig.

„Entschuldigen Sie die Störung, aber"

„Es ist wichtig," unterbricht Rick Clara.

„Einen Moment," gebe ich zurück.

„Meine Herren, ich muss unser Meeting leider unterbrechen wegen einer dringenden Angelegenheit. Aber ich denke, Sie wissen, worauf es mir ankommt und was jetzt Ihre Aufgaben sind," sage ich zu der Entwicklungsgruppe.

Alle nicken, stehen auf und verlassen wortlos den Raum. Noch nie ist es passiert, dass ich eine Besprechung derart unterbrochen habe. Es wird für Gerede sorgen, aber das ist mir gerade egal.

Sofort stürmt Rick in mein Büro. Er hat eine dünne Mappe unter dem Arm, die er mir reicht.

„Wir haben das Rätsel geknackt," verkündet Rick.

„Wie bitte?"

„Wir haben herausgefunden, wie die Gelder auf das Konto von Carl geflossen sind, ohne, dass er etwas gemerkt hat. Es waren immer kleinere Beträge für irgendwelche Kollektionen. Aber entweder gab es sie nicht oder die Beträge waren falsch oder sogar doppelt. Alle Beträge wurden von der Firma S.H.R-GmbH überwiesen. Es hat gedauert, aber wir haben vom Handelsregister endlich erfahren, was hinter der S.H.R-GmbH steckt."

„So?"

Ich sehe, wie sich ein Schmunzeln auf Ricks Gesicht abzeichnet,

„Nun, da hätten wir draufkommen können: Sarah hasst Ryan."

„Wie bitte?" rutscht es mir heraus. Das ist ein Scherz von ihm, oder?

„Naja, besonders kreativ war Miss Mitchel ja nie," gibt Rick zurück.

Da hat er Recht. Sarah war in jeder Hinsicht unkreativ. Ob es nun ihre Kleidung, beim Kochen oder im Bett war. Wobei Sarah eigentlich eh nie gekocht hat.

„Aber das heißt," dämmert es mir, „dass Sarah noch lebt?"

„So sieht es aus. Sie hat die Firma gegründet. Das skurrile ist nur, dass sie die Firma gegründet hat, bevor Sie Beide in den Urlaub geflogen sind. Als wenn sie schon gewusst hätte, dass Sie sich von ihr trennen wollen und plante bereits, Sie dafür zu bestrafen. Das Geld genügte, um erst einmal unterzutauchen.

Der Knaller kommt aber erst noch. Nachdem wir nun herausgefunden hatten, wie die Firma heißt und dass Sie von Miss Mitchel gegründet wurde, konnten wir weitere Hinweise finden. Miss Mitchel hat einen Chirurgen aufgesucht."

„Einen Chirurgen? Was hatte sie?"

„Nichts, aber ihr gefiel wohl ihre Nase nicht mehr," neckt mich Rick.

„Wie bitte?"

„Wir haben den Chirurgen auswindig gemacht und gegen die Zahlung einer kleinen Spende an seine Klinik teilte er uns mit, dass Miss Mitchel eine Operation hatte. Auf weitere Nachfrage teilte er mit, dass kurze Zeit später eine Misses Jones seine Dienste in Anspruch genommen habe, die Miss Mitchel zum Wechseln ähnlich gesehen hat."

„Was?" entfährt es mir.

In meinem Kopf wirbelt alles durcheinander. Sarah ist Misses Jones? Keiner konnte sie finden, dabei war sie schon wochen- oder sogar monatelang hier direkt vor unserer Nase. Aber wie heißt es so schön, nirgendwo kann man sich besser verstecken als dort, wo einen niemand erwartet: direkt vor der Nase seiner Feinde.

„Ja, nachdem wir wussten, wo sie sich versteckt, haben wir auch ihren Mann gefunden."

„Und? Wo steckt er und warum hält er sie von diesem ganzen Irrsinn nicht ab?"

„Das könnte schwierig werden, er ist verstorben."

„Verstorben? Hat Sarah ihn etwa umgebracht?" entfährt es mir.

„Nein. Naja, zumindest scheint es nicht so. Eine Autopsie hat es nicht gegeben.

Der gute Mann war über 80 Jahre alt und ist eines morgens nicht mehr aufgewacht. Im Totenschein steht ´natürliche Todesursache´."

Ich sehe Rick an, weil ich das Gefühl habe, er möchte noch etwas hinzufügen. Er hatte also denselben Gedanken wie ich.

Er zuckt entschuldigend mit den Schultern: „Ich wollte nur sicher gehen."

„Verstehe," sage ich.

„Kurz nachdem Mister Jones verstorben ist, ist Sarah oder Misses Jones, wie auch immer Sie sie jetzt nennen wollen zurück nach New York gezogen. Wir wissen nicht, ob der Zeitpunkt geplant war oder ob der Tod ihres Mannes der Auslöser war. Ihre Transaktion lassen keinen Rückschluss zu. Vielleicht sollten Sie sich einmal fragen, wenn Sie sie treffen," sagt Rick.

Ich sie treffen? Oh mein Gott, da hat Rick recht. Ich könnte Sarah jederzeit treffen. Wir haben mehrfach überprüft, ob ich Misses Jones irgendwo getroffen habe. Vielleicht hat Sarah das auch bewusst vermieden, weil sie dachte, ich würde sie erkennen. Würde ich das? Habe ich schon mal ein Foto von Misses Jones gesehen?

„Haben Sie ein Bild von ihr?" frage ich Rick.

„Mehrere," sagt er und deutet auf die Mappe, die er mir gegeben hat. „Der Chirurgen war sehr entgegenkommend."

„Hat mich wahrscheinlich auch eine Menge Geld gekostet," gebe ich sarkastisch zurück.

„Dafür sind Sie jetzt Namensgeber des Ryan-Black-Flügels der Be-beautiful-as-possible-Kliniken auf Haiti."

„Haiti?"

„Ja, das scheint das neue Verjüngungsland zu sein. Die Reichen fliegen dort hin, lassen sich verjüngen und behaupten dann, es seien heilige Quellen auf Haiti entdeckt worden, die eine verjüngende Wirkung haben."

Ich schüttle den Kopf bei so viel Unsinn, den sich die Menschen einfallen lassen, um ihre Schönheitsoperationen zu verschleiern.

„Jeder tut es, aber keiner gibt es zu," sage ich sarkastisch. „Warum haben die Menschen nur so ein Problem mit dem Älterwerden?"

Obwohl es eine rhetorische Frage ist, antwortet Rick: „Nur die Menschen mit Geld und Ruhm. Sie haben Angst, dass man ihnen keine Aufmerksamkeit mehr schenkt."

„Was für ein trauriges Leben," sage ich.

Ich klappe die Mappe mit den Fotos auf und sehe, wie aus Sarah Mitchel Misses Jones wird.

„Wie heißt sie überhaupt jetzt mit Vornahmen?" frage ich Rick während ich die Verwandlung studiere.

„Michelle," gibt Rick zurück. „Ihre Namensänderung hat sie eine Woche vor der Heirat vorgenommen."

„Sie trägt immer eine Sonnenbrille, wenn sie das Haus verlässt, oder?"

„Wir haben kein Foto ohne Sonnenbrille gefunden. Woher wissen Sie das?"

Ich drehe die Mappe zu Rick, so dass er das letzte Bild richtig herum sehen kann.

„Ihre Augen," sage ich. „Man kann viel an einem Menschen ändern, aber die Augen nicht. Ich hätte Sarah an ihren Augen erkannt, wenn ich sie gesehen hätte."

„Sie hat eine Menge Geld für Sprach- und Körpertraining ausgegeben," führt Rick weiter aus.

„Für was?"

„Sie hat sich einen schottischen Akzent antrainiert. Warum Schottland, kann ich Ihnen nicht sagen. Durch den Akzent ist es jedoch schwieriger, die Stimme von Misses Jones der von Sarah Mitchel zuzuordnen."

„Und was ist Körpertraining?"

„Sie hat sich eine andere Körperhaltung, einen anderen Gang und andere Gebärden antrainiert. Ebenfalls eher schottisch."

„Warum?"

„Falls jemand auf sie trifft, der Sarah kannte, würde er vielleicht typische

Gesten oder Bewegungen erkennen. Also musste sie alles ablegen, was Rückschlüsse auf Sarah zuläßt."

„Was für ein Aufwand, nur um sich an mir zu rächen. Dabei wollte ich ihr nie etwas Schlechtes. Ich wollte Sie vor einer Ehe ohne Liebe bewahren. Ich wollte ihr ein glückliches Leben ermöglichen.

Wie konnte Sarah sicher sein, dass sie keiner vom Personal erkennt? Viele Arbeiten schon ewig in unseren gesellschaftlichen Kreisen."

„Deswegen hat sie nur sehr junge Leute eingestellt und sich auch immer nur mit sehr jungen Menschen zum Essen oder dergleichen getroffen. Sie hat es vermieden mit jedem direkten Kontakt zu haben, der zur Zeit Ihrer Verlobung bereits in diesen Kreisen verkehrte."

Ich lehne mich erschöpft in meinem Stuhl zurück. Wieso hasst Sarah mich derart, dass sie so einen absurden Aufwand betreibt, um mir das Leben zur Hölle zu machen.

„Aber Sarah kann das unmöglich allein getan haben," sage ich.

„Das sehe ich auch so. Sie ist dafür nicht clever genug. Die ganzen Transaktionen, das Verschleiern des Geldes, Anwerben von Leuten, das hätte sie nie allein gekonnt. Ich gehe nicht einmal davon aus, dass sie den Plan selbst entworfen hat."

„Und wer ist ihr Partner?"

„Das, Sir," sagt er und ich höre schon an seiner Stimme, dass mir die Antwort nicht gefallen wird, „haben wir leider noch nicht ermittelt. Jetzt ist jedoch alles nur noch eine Frage der Zeit. Sollen wir die Erkenntnisse über Sarah schon an die Polizei übergeben?"

„Ja, tun sie das."

„Sir," sagt Rick nach einem kurzen Blick auf seinen Pieper, „Miss Rice ist gerade bei Mrs. Jones eingetroffen."

„Scheiße. Ich werde versuchen, sie zu erreichen. Aber Sarah wird ihr sicher nichts tun. Sie will Mary für ihre Pläne einspannen."

„Das denke ich auch, aber sobald wir die Details an die Polizei weitergegeben haben, wird Mrs. Jones Bescheid wissen."

„Ich weiß," gebe ich nervös zurück.

Noch während Rick mein Büro verlässt, versuche ich Mary zu erreichen. Ihr Telefon klingelt zwar, doch sie nimmt nicht ab. Gut, wenn sie jetzt auch gerade bei Sarah ist, wäre es unhöflich, ans Telefon zu gehen. Sarah wird ihr nichts antun.

Rick schickt mir eine SMS, dass Sarah in 1,5 Stunden eine Pressekonferenz bezüglich der Vorkommnisse damals halten wird.

Kapitel 30

Ich sitze in meinem Wagen vor dem Fernseher und warte darauf, dass die Pressekonferenz von Sarah beginnt. Ich wusste, der Fernseher würde sich eines Tages als nützlich erweisen. Wenn sie gleich zugibt, wer sie ist, wird die Polizei sie verhaften und ich kann Mary besuchen. Gespannt sitze ich auf dem Rücksitz meines Wagens und warte. Patrick sitzt angespannt auf dem Vordersitz und scheint es selbst kaum erwarten zu können.

Sarah betritt den Raum der Pressekonferenz, als wäre sie eine Königin und die Presseleute ihr Hofstaat. Es wird still im Raum als Sarah an das Pult tritt. Sie scheint jeden einzelnen Menschen im Raum anzusehen und wirkt arrogant und überlegen. Erst als man eine Stecknadel im Raum fallen hören könnte, beginnt Sarah ihre Rede:

„Meine Damen und Herren, ich danke Ihnen für Ihr zahlreiches Erscheinen," das kann ich mir vorstellen.

Sarah liebte es schon früher auf großer Bühne zu stehen. Es sollte sich alles immer nur um sie drehen. Sarah wollte der Mittelpunkt des Universums sein.

„Nun Sie alle werden sich fragen, was ich über die damaligen Vorfälle zu sagen habe und warum ich mich erst jetzt dazu äußere. Nun, meine Damen und Herren, beginnen wir mit dem zweiten Punkt. Ich äußere mich erst jetzt zu den Dingen, die ich weiß, weil ich denke, dass es an der Zeit ist, dass die Welt erfährt, was damals passiert ist und warum ich getan habe, was ich tat.

Ja, was ich getan habe, meine Damen und Herren, denn zu Punkt eins: Ich bin Sarah Mitchell."

Sarah lässt die Bombe einfach platzen. Sicher wollte sie den Tumult, der jetzt ausbricht. Als wolle sie die Menge beruhigen, hebt sie die Hände. Doch ich sehe in ihren Augen, dass es nur gespielt ist. Die Augen verraten so viel über einen Menschen, über seinen Charakter, seine wahren Absichten und seine Gefühle.

„Ich weiß, dass Sie viele Fragen haben und auch viele nach Ähnlichkeiten mit Sarah Mitchel suchen werden, doch diese werden Sie nicht finden. Ich habe derart um mein Leben gefürchtet, dass ich einem Chirurgen viel Geld dafür gezahlt habe, jede Ähnlichkeit mit Sarah Mitchel verschwinden zu lassen. Durch meine Heirat mit Mister Jones war ich finanziell in der Lage, diese Operationen durchführen zulassen.

Wie Sie vielleicht wissen, wurde heute eine DNA-Probe von mir genommen, um meine Identität bestätigen zu lassen. Sobald dieses Ergebnis öffentlich ist, werde ich alle ihre Fragen versuchen zu beantworten. Ich bitte Sie, diese vorab per E-Mail an meine Firma zu senden, damit ich soviele wie möglich beantworten kann.

Ich wünsche Ihnen allen einen schönen Tag."

Zack, Boom, Aus. So ist Sarah. Sie hat gesagt, was sie zu sagen hatte und verlässt die Bühne. Alles eine Riesenshow, um sich perfekt in Szene zu setzen. Keine unbequemen Fragen, keine weiteren Erklärungen. Wie habe ich das nicht früher erkennen können, dass sie es ist, die hinter alledem steckt?

Weil ich immer daran geglaubt habe, dass ihr etwas Fürchterliches passiert ist, sagt eine kleine Stimme in meinem Kopf. Ich konnte mir einfach nie wirklich vorstellen, dass Sarah einfach so gegangen ist. So spurlos verschwunden, dass niemand sie hatte finden können. Und auch nicht, dass sie sich vor mir und der Welt verstecken würde.

Auch wenn die Gefahr noch nicht ganz gebannt ist, werden Sarah und ihr Mitverschwörer jetzt genug anders zu tun haben, als mich zu überwachen. So schnell mich meine Beine tragen, renne ich die Treppe zu Marys Wohnung hinauf.

Kim öffnet mir die Tür und bittet mich herein. Mary springt von der Sofalehne auf und wirft sich mir in die Arme, so dass es mich fast umwirft. So fest ich kann drücke ich sie an mich. Ich sauge ihren Geruch in mich auf und die Welt ist für diesen einen Moment perfekt.

Kapitel 31

Noch immer hat Carl sich nicht bei mir gemeldet. Das ist wirklich seltsam. Ob ich versuchen sollte, ihn anzurufen? Aber er meldet sich sonst immer, sobald er von einer seiner Reisen zurück ist. Gut, er rief dann immer nur an oder kam vorbei, weil er mit mir feiern gehen wollte. Das ginge natürlich dieses mal nicht.

Mary scheibt mir, ob ich etwas von Carl gehört habe. Das beunruhigt mich schon etwas. Ich lasse Clara in seinem Büro anrufen, doch seine Assistentin sagt, er wäre heute noch gar nicht dagewesen. Sie wissen auch nicht, wann er käme und warum er nicht da ist.

Die Sache wird immer seltsamer. Ich rufe Patrick und wir fahren zum Loft von Carl. Irgendetwas stimmt hier nicht.

„Carl," rufe ich, während ich gegen die Tür hämmere.

Er reagiert nicht auf das Klingeln und nicht auf das Hämmern.

„Aufmachen," sage ich zu Patrick.

Er scheint nur darauf gewartet zu haben und in weniger als 5 Sekunden ist die Tür auf. Ich habe keine Zeit, mich darüber auszulassen, wie schlimm das ist, dass die Türen so einfach zu öffnen sind.

„Carl," rufe ich, während wir in die Wohnung gehen.

Ich halte keine Antwort. Während ich weiter immer wieder seinen Namen rufe, durchsuchen wir die Wohnung. Die Alarmanlage war ausgeschaltet, sodass ich davon ausgehe, dass er da sein muss.

Ich stoße die Tür zum Schlafzimmer auf. Carl liegt auf seinem Bett, alle Viere von sich gestreckt. Er sieht weiß und fahl aus.

„Patrick," brülle ich, während ich zum Bett stürze.

Ich messe seinen Puls, doch ich spüre nichts. Er stinkt, wie eine Schnapsfabrik und neben ihm liegt ein leeres Tabelttenröhrchen.

„Ich rufe den Rettungswagen," sagt Patrick.

Mit nur einem Blick hat er die Situation sofort erfasst. Ich lege Carl auf die Seite und hoffe, dass es irgendwie hilft.

„Wir müssen ihm den Magen auspumpen," sage ich zu Patrick.

Er nickt und geht in die Küche. Ich höre, wie es in der Küche klappert und wie Schranktüren zu- und aufgemacht werden. Was sucht er? Kurz darauf kommt er zurück mit einem Schlauch und Dingen, die ich nicht wirklich zuordnen kann. Ich kann nur tatenlos zusehen, während er an etwas herumbastelt.

Dass Patrick beim Militär war hatte schon immer seine Vorteile, aber dass er auch solche Dinge gelernt hat, wusste ich nicht. Vielleicht hätte ich ihn mehr ausfragen sollen, was seine Militärzeit anbelangt. Aber im Moment ist mir nur wichtig, dass Carl diese Scheiße überlebt.

Als Patrick Carl gerade den Schlauch durch den Mund einführen will, klingelt es an der Tür. Die Blaulichter verraten mir, dass es der Rettungswagen ist. So schnell ich kann, renne ich zur Tür.

„Schlafzimmer," sage ich und deute in die Richtung, in der das Schlafzimmer liegt.

Sofort rennen 3 Männer in Rettungskleidung an mir vorbei. Ich lehne mich an die Wand neben der Tür. Wieso hat Carl das getan?

Ich bleibe, wo ich bin, um die Rettungskräfte nicht bei ihrer Arbeit zu behindern. Ihre Stimmen dringen aus dem Schlafzimmer zu mir, doch ich kann nicht verstehen, was sie sagen. Ich sehe, dass sie an mir vorbeirennen und zurück.

Eine gefühlte Ewigkeit später liegt Carl auf einer Bahre, angeschlossen an ein Beatmungsgerät.

„Wir haben ihn zwar wieder, aber er ist noch nicht über den Berg. Würden Sie ihm ein paar Sachen einpacken?"

Ich nicke wie auf Autopilot. Kurz darauf kommt Patrick aus dem Schlafzimmer mit einer Tasche in der Hand.

„Gehen wir," sagt er, „ich bringe Sie ins Krankenhaus".

Im Auto dreht Patrick sich zu mir um.

„Sir, ich habe dies auf dem Nachtisch gefunden. Es wird Ihnen entgangen sein. Der Brief ist an Sie und die beiden Misses Rice gerichtet. Ich habe ihn nicht gelesen. Aber Sie sollten ihn lesen und dann entscheiden, was Sie damit tun wollen."

Patrick reicht mir den Brief, dann startet er den Wagen, um mich ins Krankenhaus zu fahren. Ich beginne zu lesen.

Meine Liebste Kim,

mein lieber Ryan,

liebe Mary,

Ich schreibe diese Zeilen, weil ich keinen Ausweg mehr weiß.

Kim, du bist die fantastitsche Frau, die ich je kennengelernt habe. Du bist nicht nur bildschön, du bist klug, witzig und schlagfertig. Schon als ich Dich das erste Mal gesehen habe, wusste ich, dass du anders bist als alle Frauen vor dir. Dennoch wusste ich nicht, wie ich an dich herankommen sollte, da ich nie gelernt habe, wie man mit einer Frau spricht oder sie behandelt. Meine Mutter war eine drogensüchtige Prostituierte, mein Vater ihr Zuhälter. Wie hätte mir einer dieser beiden beibringen sollen, wie man einer Frau wahrhaftige Zuneigung entgegenbringt und es ihr auch zeigt.

Als wir heute Abend essen gegangen sind, sollte es der Beginn eines neuen Lebens sein. Mein Leben mit dir. Ryan, der beste Freund, den ich mir wünschen konnte, hat mir gezeigt, dass mein Leben so wie es war nicht das Wahre war. Alkohol und Drogen haben meinen Alltag bestimmt. Auch wenn ich es gut überspielen konnte, war mir nichts wichtiger als das. Meine Karriere, mein Geld, meinen Erfolg hätte ich weggeben für Drogen und Alkohol. Doch dann kamst du. Erst als ich allein in meinem Zimmer in der Entziehungskur war, wurde mir klar, dass das alles ohne Wert ist, wenn ich dich dafür nicht an meiner Seite haben kann.

Doch ohne den Alkohol und die Drogen war sie dahin meine Selbstsicherheit, mein Charme, mein Witz. Belastend kam hinzu, dass ich ein großes Geheimnis habe. Etwas, dass bisher nur eine Person weiß.

Ich hatte bei jedem Wort Angst, dass ich mein Geheimnis verrate, dass ich ein falsches Wort sage und du mich sofort erkennst als das was ich bin: Ein Monster. Deswegen war es nicht möglich, dass wir ein Gespräch führen. Auch wenn ich mir nichts sehnlicher gewünscht habe, als einfach nur mit dir an einem Tisch zu sitzen und über Gott und die Welt zu reden.

Ich weiß, dass ich es total verbockt habe. Du verdienst ohnehin einen besseren Mann, als ich es je sein werde. Du verdienst es glücklich zu sein und von einem Mann auf Händen getragen zu werden. Ein Mann, der dir jeden Wunsch erfüllt ohne, dass du ihn aussprechen musst. Ich kann nicht einmal eine einfache Unterhaltung mit dir führen.

Kim, du bist besser ohne mich dran und ich wünsche mir, dass du glücklich wirst.

Ryan, du bist mein bester Freund. Auch wenn es dir nie klar war, warst du der Einzige, der es hin und wieder geschafft hat, hinter die Fassade zu blicken. Nicht umsonst hattest du mich zum Entzug geschickt. Auch wenn du es jetzt nicht gleich glauben magst, war dies der Weckruf, den ich gebraucht habe. Ich konnte einen Abend nüchtern und ohne Drogen mit der Frau verbringen, die mir mehr bedeutet als mein Leben. Genau deswegen tue ich diesen Schritt.

Nicht nur, dass Kim einen besseren Mann verdient als mich, auch du verdienst einen besseren Freund. Um euch alle in Sicherheit zu bringen, gehe ich diesen Schritt. Ich habe es mir selbst zuzuschreiben und mache niemandem einen Vorwurf.

Sarah wird keine Ruhe geben, bis sie dich zerstört hat. Dies ist der einzige Lebensinhalt, den sie hat. Und ich habe ihr geholfen.

Es gibt keine Entschuldigung dafür, was ich getan habe, aber ich werde die ganze Geschichte niederschreiben, damit ihr versteht, was passiert ist und vielleicht, wie ihr sie aufhalten könnt.

Also, ich habe Sarah kurz vor der Trennung von Ryan kennengelernt. Ich war neu in New York und wir trafen uns in einem Club. Sie war heiß und so nahm ich sie mit zu mir. Ich wusste nicht, dass sie einen Freund hat und erst recht nicht, wer es ist. Wir trafen uns hin und wieder und hatten Spaß zusammen. Erst als sie verschwunden war, habe ich erfahren wer sie überhaupt war.

Ich kannte sie eigentlich nicht wirklich. Wir hatten nur Sex miteinander, aber dennoch ging sie mir irgendwie nicht aus dem Kopf. Ich wollte mehr über sie erfahren und so habe ich versucht, mich mit Ryan anzufreunden. Was erstaunlicherweise schnell funktionierte. Wir waren immer auf einer Wellenlänge. Anfangs habe ich nur versucht, mehr über Sarah und ihr Verschwinden herauszufinden, doch dann kam der Tag in meinem Leben, als ich mir alles versaut habe.

Sarah schrieb mir. Den und andere Briefe von ihr findet ihr in meinem Safe. Wir schrieben uns eine ganze Zeit lang. Sie schrieb mir, dass Ryan versucht hätte, sie umzubringen und sie sich verstecken müsste. Sie hätte Angst um ihr Leben und müsste fernbleiben. Sie beschrieb das Geschehen damals so echt, dass ich ihr glaubte.

Sie beschrieb mir ein Bild von Ryan, dass ich nicht in Einklang bringen konnte mit dem Menschen, den ich kannte. Doch Sarah beschrieb mir so viele Situation so echt, in denen Ryan ihr Gewalt angetan hätte, dass es für mich real wirkte. Ich musste ihr auch zugutehalten, dass es viele Menschen gibt, die nach außen hin total normal wirken und hinter verschlossenen Türen ihre Frauen und Kinder schlagen.

Sarah schrieb mir, sie wolle zurückkommen nach New York. Ihr Leben sei hier und ihre Freunde. Aber sie habe Angst vor Ryan. Erst wenn sie ihn im Gefängnis wüsste, würde sie zurückkommen können. Für den Mordversuch an ihr und die Schläge, die sie bereits vorher erlitten habe, hätte sie keine Beweise und könne daher in dieser Richtung nichts unternehmen.

Ich konnte mir vorstellen, dass sie in ihr altes Leben zurückwollte, doch zu große Angst vor Ryan hatte. Als sie mich also um Hilfe bat, sagte ich ihr zu. Ich wusste nicht, dass dies der Beginn vom Ende meines Lebens sein würde.

Keine Ahnung, woher sie das Geld hatte, aber sie investierte viel in meine Firma, die ich nur langsam aufbauen konnte, da mir die nötigen finanziellen Mittel fehlten. Sie kannte sich mit dem Geschäftsleben aus und welche Leute für mich wichtig waren. Ich nahm an, sie half mir, um mir für meine zugesagte Hilfe zu danken.

Sarah meinte, wir müssten es schaffen, dass Ryan ins Gefängnis müsse. Sie meinte, ich bräuchte nur sehen, wie ich jemanden anwerbe und bezahle. Sie würde alle Details mit ihm absprechen. In meiner IT-Abteilung saß der richtige Mann dafür und ich stellte den Kontakt her. Sarah und Kay arrangierten Kontaktaufnahmen und transferierten Geld. Mir sollte es Recht sein. Es ging ja nur darum, dass Ryan für das, was er getan hatte, ins Gefängnis ging.

Doch als ich dann vom Anschlag bei der Gala hörte und davon, dass eine unschuldige Frau verletzt wurde, wollte ich aufhören. Ich wusste, dass Sarah daran beteiligt war. Ich stellte sie zur Rede, doch sie sagte nur, dass Kay alles so arrangiert hat, dass es aussehen würde, als wäre ich allein verantwortlich. Ich habe versucht, Kay zur Rede zu stellen, doch der kam nicht mehr zur Arbeit und war auch an seiner Wohnanschrift nicht mehr zu erreichen.

Ab diesem Tag war ich mir sicher, dass Kay und Sarah zusammenarbeiteten und das nicht nur, um Ryan ins Gefängnis zu bringen. Ich hätte zur Polizei gehen müssen, aber dazu war ich zu Feige. Ich habe mir immer wieder gesagt, dass Sarah doch keine Mörderin sei und bei der Gala nur irgendetwas schiefgelaufen ist. Um mein Gewissen zu beruhigen, habe ich noch mehr getrunken und noch mehr Drogen genommen. Ich wollte mein Gewissen betäuben und mir selbst nicht eingestehen, was für ein Feigling ich bin.

Im Entzug lernt man, dass man mit sich selber leben muss. Das kann ich nach allem, was ich getan habe nicht. Ich habe Sarah und Kay zusammengebracht. Sarah hat Geld und Kay ist gerissen mit einem hohen technischen Genie. Beide sind skrupellos, wie ich jetzt weiß. Keiner von uns wird je in Sicherheit sein, so lange ich als Sündenbock lebe.

Ich weiß, dass dieser Weg feige ist, aber so weiß ich, dass Kim in Sicherheit sein wird und Ryan, du wirst einen Weg finden, Sarah das Handwerk zu legen.

Ich hoffe, ihr könnt mir irgendwann verzeihen.

Passt alle drei gut aufeinander auf ..

Carl

Carl war an der ganzen Sache beteiligt? Aber eigentlich auch nicht wirklich, wenn ich das so lese. Ich kann den Brief nicht an die Polizei geben. Sie haben ein Leck und dann würde das sofort in der Zeitung stehen. Carl hat schon so viel durchgemacht, dass würde ihn noch mehr belasten und womöglich zu einem zweiten Suizid führen.

„Patrick, sobald wir im Krankenhaus sind müssen Sie zurück. Sie müssen aus Carls Safe die Briefe holen, die Sarah an Carl geschrieben hat."

Patrick nickt. Ohne nachzufragen würde er wohl alles für mich tun.

„Ich sage Rick, dass er den Safe im Büro von Carl überprüft. Sollte einer von

Ihnen diese Briefe finden, übergeben Sie die Briefe bitte der Polizei."

„Sehr wohl Sir."

„Sarah hat Carl in die ganze Geschichte mit hineingezogen, aber es steckt noch ein Mann dahinter. Ein Angestellter von Carl namens Kay."

„Ich kümmere mich darum, sobald ich Sie abgesetzt habe."

„Danke Patrick."

Ich sehe ein kleines Lächeln über sein Gesicht huschen. Habe ich ihm jemals aus tiefstem Herzen gedankt? Natürlich sage ich auch danke, wenn er Aufträge für mich erledigt, aber auch er wird merken, wie wichtig mir in diesen Tagen seine Hilfe ist. Ohne ihn und Rick wäre ich sicher bereits verhaftet worden oder noch schlimmer: Mary wäre etwas Schlimmes zugestoßen.

Kapitel 32

Es dauert eine gefühlte Ewigkeit, bis Carl in einem Zimmer ist. Er ist an alle möglichen Geräte angeschlossen. Es piept und flackert um ihn herum. Carl liegt still da. Seine Augen sind geschlossen.

„Mister Black?" spricht mich ein Mann im weißen Kittel an.

„Ja?"

„Ich bin Dr. Rose. Ihr Freund hat großes Glück gehabt, dass Sie dort waren."

Ich nicke geistesabwesend. Ob es Glück war, kann ich nicht beurteilen. Immerhin war es Carls Entschluss, nicht mehr Leben zu wollen. Wenn es nun Schäden gibt durch die Tabletten und den Sauerstoffmangel. Wird er mich dann hassen?

„Wir müssen die nächsten 24 Stunden abwarten. Da wird sich entscheiden, ob er wieder gesund wird."

„Meinen Sie, er wird wieder ganz gesund?" spreche ich meine Befürchtungen aus.

„Das müssen wir abwarten. Immerhin war sein Gehirn kurzzeitig ohne Sauerstoff. Bisher konnten wir keine Schäden feststellen, aber er muss aufwachen, damit wir alle Eventualitäten abklären können."

Ich nicke nur wieder. Warum hat Carl das nur getan? Warum ist er nicht zu mir gekommen? Warum hat er mir nichts von seinen Sorgen erzählt? Oder einem anderen Freund? Hat Carl überhaupt Freunde?

Was bin ich für ein schlechter Mensch und ein noch schlechterer Freund? Ich habe nichts bemerkt, nicht einmal, dass ihn überhaupt etwas bedrückt. Wie kann ein Freund so etwas nur übersehen? Was habe ich noch übersehen?

„Sie können zu ihm," fährt der Arzt fort, „aber er sollte sich ausruhen und nicht aufregen."

Erneut nicke ich nur. Wie konnte es nur so weit kommen? Und das alles nur, weil ich Sarah nicht mehr heiraten wollte. Wie viele Menschen überlegen es sich anders oder lassen sich auch später noch scheiden. Wieso konnte Sarah meine Entscheidung nicht nachvollziehen? Immerhin wollte ich ihr auch eine Ehe ersparen, in der sie nicht geliebt wird. Ich wollte ihr ein besseres Leben gönnen.

„Wie geht es ihm," höre ich Kims Stimme leise und ängstlich.

Sie reißt mich aus meinen Gedanken. Wie soll ich ihr das alles erklären. Immerhin ist sie das Beste, was Carl passiert ist. Hoffentlich wendet sie sich nicht von ihm ab. Ich weiß nicht, ob er das verkraften wird. Immerhin hat er gerade versucht, sein Leben zu beenden.

Mary kommt den Flur ebenfalls entgegengelaufen. Trotz der schlimmen Situation freue ich mich, sie zu sehen.

„Es ist ernst," bin ich ehrlich zu Kim, „aber die Ärzte sagen, wenn er die nächsten 12 Stunden übersteht, wird er wieder der Alte."

Okay, ich bin nicht ganz ehrlich, aber ich möchte sie auch nicht noch mehr aufregen und noch mehr verunsichern. Kim ist wie versteinert. Sie zeigt keinerlei Reaktion mehr. Bricht sie zusammen? Ich lasse sie nicht aus den Augen, warte aber, was passiert.

Nach einer gefühlten Ewigkeit der Stille fragt sie: „Darf ich zu ihm?"

„Ja," gebe ich zurück.

„Was ist passiert," fragt Mary, nachdem Kim zu Carl gegangen ist.

„Wenn er aufwacht, kann er es uns hoffentlich sagen. Bisher wissen die Ärzte nur, dass er wohl Tabletten und Alkohol zusammengemischt hat. Seine Haushälterin hat ihn gefunden und sofort den Notarzt gerufen."

„Hat er das wirklich selbst getan?"

„Mit Sicherheit können wir das noch nicht sagen. Er hat aber einen Brief dagelassen. Er ging an Kim, dich und mich."

„Einen Abschiedsbrief?"

„So sieht es zumindest aus. Es ist auch die Handschrift von Carl, aber bei allem, was passiert ist, glaube ich es erst, wenn er es mir selbst sagt. Carl ist der letzte Mensch, von dem ich so etwas erwartet habe. Er ist immer fröhlich und tut, was er will. Er macht sich nie Gedanken darüber, was andere Menschen von ihm denken oder halten. Er tut einfach, wonach ihm ist."

„Hast du dich auch mal ernsthaft mit Carl unterhalten?" fragt Mary und klingt dabei unsicher.

Ich denke über ihre Frage nach, so wie ich die ganze Zeit darüber nachdenke, was für Anzeichen ich übersehen habe und ob ich wirklich so ein schlechter Freund war. Haben wir je eine wirklich ernsthafte Unterhaltung geführt? Nicht einmal, als ich ihn dazu gezwungen habe, einen Entzug zu machen, habe ich ihn gefragt, warum er überhaupt so viel trinkt und Drogen nimmt.

„Nein," gebe ich schließlich zu. „Carl und ich waren viel zusammen, aber immer zum Feiern. Bis ich Carl in den Entzug geschickt habe, habe ich mit ihm nie über ernste Dinge gesprochen. Er war immer gut drauf und für jeden Spaß zu haben. Ich bin ein schlechter Freund gewesen."

„Nein,", versucht Mary mich zu trösten, „sag doch so etwas nicht. Ihr seid eben keine guten Freunde gewesen, aber als es Carl schlecht ging und er Hilfe brauchte, warst du da. Du hast ihn davor bewahrt, dass seine Sucht sein Leben ruiniert."

„Das dachte ich, aber sieh dir an, was passiert ist," gebe ich zurück.

„Dafür kannst du nichts," versucht Mary es erneut. „Wir wissen ja noch nicht einmal, ob er es selbst war. Was stand denn in dem Brief?"

Ich hole den Brief aus meiner Tasche und reiche ihn Mary. Sie soll selbst lesen, was Carl geschrieben hat. Noch immer kann ich es nicht wirklich glauben, was er geschrieben hat und noch weniger, dass er wirklich getan hat, was da steht.

„Muss das nicht zur Polizei?" fragt Mary und klingt etwas verunsichert.

„Ich will nicht, dass das morgen in der Presse steht. Er hat genug damit zu tun, seinen Krankenhausaufenthalt zu rechtfertigen, wenn er hier rauskommt," erkläre ich ihr.

Ich war schon schlecht genug als Freund, da kann ich wenigstens jetzt versuchen, ein besserer Freund zu sein.

Mary nickt und beginnt zu lesen. Ich lasse sie nicht aus den Augen. Mary wird kreideweiß, während sie die

Wahrheit über die schlimmste Zeit unseres Lebens liest. Es ist schlimm, aber sie muss es lesen. Wenn ich es ihr sagen würde, wäre es noch unglaubwürdiger. Es klingt wie aus einem Roman. Solche gestörten Menschen wie Sarah kann es in Wirklichkeit doch gar nicht geben, oder?

„Die Briefe," sagt sie schlicht.

„Patrick ist schon unterwegs, um seinen Safe zuhause zu überprüfen. Rick ist in das Büro von Carl unterwegs. Wir müssen abwarten."

Sie nickt und schaut durch das Fenster in der Tür zu Carl hinüber. Ich habe keine Ahnung, was in ihrem kleinen süßen Kopf vor sich geht. Sie muss genauso verwirrt sein wie ich. Zu viele Dinge, die gleichzeitig verarbeitet werden wollen und doch gibt es keine Begründung, die einen Sinn ergibt.

Selbst wenn Carl aufwacht, wüsste ich nicht einmal, welche Fragen ich ihm stellen würde, um meine Gedanken zu sortieren.

Kapitel 33

Mary liegt ausgestreckt über mehrere Stühle mit dem Kopf auf meinem Schoß und ist eingeschlafen. Zärtlich streiche ich ihr über das Jahr. Es beruhigt mich, dass sie da ist, dass ich sie berühren kann. Noch immer wirbeln meine Gedanken durcheinander, aber langsam glaube ich, dass alles wieder in Ordnung kommen kann.

Patrick schaut vorsichtig herein. Ich lege meinen Finger an die Lippen und bedeute ihm damit, leise zu sein. Ich möchte nicht, dass Mary aufwacht. Es war alles sehr aufregend und ich bin froh, dass sie einschlafen konnte.

„Wir haben die Briefe," flüstert er. „Wir haben sie der Polizei übergeben."

„Gut," gebe ich erlichtert zurück.

„Wollen Sie die Kopien hier haben oder später im Büro?"

Ich muss schmunzeln. Ohne, dass ich Anweisung gegeben habe, haben Sie gewusst, dass ich gerne eine Kopie der Briefe hätte. Nicht nur, weil ich sie lesen möchte, um vielleicht zu verstehen, was in dem Kopf von Sarah vorgegangen ist, sondern auch, um sicherzustellen, dass sie bei der Polizei nicht „verloren" gehen. Wer weiß, wo Sarah noch einen Menschen sitzen hat, den sie besticht oder erpresst. Sicher ist sicher.

„Später," entscheide ich. Jetzt möchte ich erst einmal abwarten, was mit Carl ist und bei den Ermittlungen kann ich derzeit eh nichts tun.

„Sir," sagt Patrick nach einem Blick auf sein Handy, „die Polizei hat gerade Sarah und Kay verhaftet."

Ich schließe vor Erleichterung kurz die Augen. Ist es wirklich vorbei?

„Sehr gut," sage ich.

„Ich mache mich auf den Weg, um schnell etwas zu erfahren, wenn die Verhöre etwas ergeben."

„Danke," gebe ich zurück.

Mary murmelt etwas im Schlaf, dass ich leider nicht verstehen kann. Sie sieht so friedlich aus.

„Er ist wach," brüllt Kim.

Mary zuckt zusammen und braucht ein paar Minuten, um sich zu orientieren.

„Er ist wach," wiederholt Kim und klingt nun etwas gefasster.

Kim wendet sich ab und geht zurück in Richtung Carls Zimmer. Wir folgen ihr. Flüsternd bringe ich Mary auf den neuesten Stand. Sie soll wissen, dass wir und vor allem, dass sie endlich in Sicherheit ist. Mary ist in Sicherheit. Wie unglaublich mich dieser Gedanke beruhigt, ist erschreckend.

„Er ist noch sehr schwach, aber er wollte euch unbedingt gleich sehen," sagt Kim.

„Vielleicht solltest du erstmal allein hineingehen," sagt Mary zu mir.

Vielleicht sollte ich das wirklich. Er soll nicht so viel Aufregung haben und Kim sollte jetzt sicher nicht allein sein. Ich gebe Mary ein Küsschen und gebe ihr unauffällig den Brief. Wenn

Mary möchte, kann sie Kim bereits alles erzählen. Vielleicht ist es gut, wenn Mary bei Kim ist, wenn sie den Brief liest.

Carl lächelt schief, als er mich durch die Tür kommen sieht. Ich versuche zurückzulächeln, aber sein Zustand erschreckt mich. Noch immer ist er an viele Geräte angeschlossen, die unablässig piepen und blinken.

„Du siehst scheiße aus," sage ich schließlich, weil mir einfach nichts einfällt.

„Danke, du könntest aber auch eine Mütze Schlaf und eine Dusche gebrauchen," gibt er zurück.

Erleichtert setze ich mich auf die Bettkante. Noch immer weiß ich nicht, wie ich ein ernsthaftes Gespräch beginnen soll, aber wir sind noch immer Freunde.

„Du hast den Brief gelesen?" fragt Carl schließlich, wobei es mehr wie eine Feststellung klingt.

Ich nicke.

„Mary auch?"

Erneut nicke ich.

„Wo ist er?"

„Mary hat ihn jetzt. Ich weiß nicht, ob sie ihn Kim zeigt."

„Wer hat ihn noch gelesen," fragt er etwas unsicher.

„Niemand. Patrick hat ihn gefunden. Weder die Rettungssanitäter noch die Polizisten haben ihn gesehen. Ich wollte nicht, dass die Presse davon Wind bekommt."

„Du bist ein echter Freund," sagt Carl. Ich sehe die Träne, die er wegblinzelt.

„Wenn ich das wäre, hätte ich schon früher gemerkt, dass was nicht stimmt," sage ich.

„Naja, ich habe dir unterstellt, dass du Sarah was angetan hast, also sind wir wohl quitt," gibt Carl trocken zurück.

Darüber habe ich noch gar nicht nachgedacht.

„Sollen wir eine Pressemitteilung herausgeben?"

„Und welche?"

„Das wäre dann die nächste Frage," gebe ich zurück. „Aber du kennst ja die Presse, die werden aus einer Mücke einen Elefanten machen."

„Eine Mücke," sagt Carl und schmunzelt dabei schon wieder. „Denkst du dir was aus?"

„Klar."

Carl nimmt meine Hand und zum ersten Mal seit ich denken kann, wird er richtig ernst: „Danke, du bist wirklich ein guter Freund, egal, was dir momentan durch den Kopf geht. Du hast mir das Leben gerettet."

Mir steckt ein Kloß im Hals und ich kann nur nicken.

„Hasst du mich?" fragt er schließlich.

„Dich hassen? Nein, auf keinen Fall. Ich versuche nur zu verstehen, was in Sarahs Kopf vorgeht."

„Das kann ich dir leider auch nicht sagen, aber wenn du die Briefe liest, kannst du vielleicht verstehen, warum ich getan habe, was ich getan habe."

„Mach dir darüber erst einmal keine Gedanken, sondern komm schnell wieder auf die Beine."

„Danke, ich werde versuchen, etwas zu schlafen."

„Gut, dann werde ich mal nach unseren Freundinnen sehen und mich um die Pressemitteilung kümmern.

Gerade als ich das Zimmer verlassen möchte, kommt ein Mann in OP-Kleidung herein. Ich sehe ihn fragend an.

„Ich muss dem Patienten noch ein Mittel verabreichen," gibt er sachlich zurück.

Er trägt sogar einen Mundschutz und ein Häubchen. Ich kann nicht einmal erkennen, wie alt der Mann ist.

„Was ist das für ein Mittel?" frage ich vorsichtig.

„Nur etwas, damit er besser schlafen kann," gibt der Typ unbeirrt zurück.

Er legt Carls Arm bereit, um ihm eine Spritz zu setzen. Carl hat doch einen Zugang in der Hand. Was ist hier los? Er desinfiziert die Stelle nicht einmal.

„Halt," sage ich, doch der Kerl setzt die Spritze an. Ich schlage sie ihm aus der Hand und versuche, ihn zu ergreifen, doch der Typ ist windig wie ein Aal und so schnell aus dem Zimmer, dass ich ihn nicht erwische.

Ich drücke den Notrufknopf an Carls Bett. Ich lasse ihn hier nicht alleine. Eine junge Schwester steckt den Kopf zur Tür herein.

„Hier war gerade ein Mann in OP-Kleidung, der meinem Kumpel hier ein Mittel spritzen wollte, damit er schlafen kann."

Sie zieht die Stirn kraus und kommt herein. Carl liegt verängstigt in seinem Bett.

„Hier steht nichts von einem Schlafmittel," sagt die Schwester nach einem Blick auf das Krankenblatt. „Ich rufe die Polizei."

Ich nicke und bleibe bei Carl. Schnell schicke ich eine Mail an Rick mit allen Informationen.

„Es wird alles gut," sage ich zu Carl, um ihn und auch um mich zu beruhigen. Zum Glück waren Kim und Mary nicht hier.

„Mister Black," spricht mich ein Polizist an.

„Ja," gebe ich zurück.

„Können Sie uns bitte genau erzählen, was vorgefallen ist?"

Ich gebe den Vorfall so wieder, wie es mir in Erinnerung ist. Leider kann ich den Mann nicht beschreiben, weil er einen Mundschutz und eine Haube trug.

„Wir haben das Krankenhaus bereits abgeriegelt und werden den Mann finden."

Ich nicke und bete zu Gott, dass es stimmt. Wissen die von Kim und Mary? Würden sie ihnen auch was tun?

„Meine Freundin und die von Carl sind auch hier. In der Cafeteria. Ich würde sie gerne herholen, um sie im Blick zu haben," sage ich zu dem Polizisten.

Ich wäre ruhiger, wenn ich sie bei mir habe. Gerade habe ich noch gedacht, dass Mary endlich in Sicherheit ist.

„Selbstverständlich Sir."

Kapitel 34

„Was gibt es?"

„Sie haben den Kerl, der im Krankenhaus versucht hat, Carl zu töten. Er hat auch schon alles gestanden. Er erhofft sich davon eine Straferleichterung."

„Super," gebe ich zurück.

„Kay genauso. Sie singen wie die Vögel. Sarah sagt bisher nichts. Aber die Aussagen der beiden anderen und die Briefe werden sie für sehr lange Zeit ins Gefängnis bringen.

Die Polizei denkt bereits über ein psychologisches Gutachten nach. Sie wollen sicher gehen, dass Sarahs geistiger Zustand normal ist."

„Ok."

„Alle halten sie hier für total durchgedreht. Keiner kann sich vorstellen, dass jemand so etwas wegen einer verschmähten Liebe auf sich nimmt. Die ganzen Operationen, das abgeschottete Leben. Die jahrelange Planung. Aber am Ende muss das dann ein Psychologe entscheiden. So oder so wird sie lange Zeit nicht auf freiem Fuß sein.

„Danke. Halten sie mich auf dem Laufenden."

„Selbstverständlich Sir."

„Ist es vorbei?" fragt Mary nachdem ich aufgelegt habe.

„Ja, es ist endlich vorbei," sage ich ihr und schließe sie fest in meine Arme. „Der Rest unseres Lebens kann beginnen."